c h a r a c t e r s

路德維希

性格：激進，固執，對人類充滿仇恨。為達目的不擇手段，甚至會採取傷害同胞的方法，實現自己的執念。

GOBOOKS
& SITAK
GROUP©

GOBOOKS & SITAK GROUP ©

三日月書版

三日月書版

K U J I R A N O U M
輕世代 BL021
三日月書版
鯨之海
SEA OF THE WHALE
author. YY的劣跡
illust. あさ
3

SEA OF THE WHALE

鯨之海

Contents

characters

白璟（三胖）

性格：初期呆萌，中後期成長。性格衝動，容易認真，單純。

形態1 藍鯨

形態2 半人鯨

形態3 人類

characters

慕白

性格：前期純粹獸性的掠食者思維，中後期稍微增加人類的理性思維。性格強勢，有些自戀。

形態1 大白鯊

形態2 半人鯊

SEA OF THE WHALE

第三十九章　魚尾

浩浩蕩蕩，幾十隻鯨魚作護衛艦，藍鯨作為母艦，暢游在海洋之中。哪怕是美國三軍總司令親至，也沒有這樣的派頭。

衛深坐在藍鯨背脊上，感受著手下溫涼濕潤的觸感，不禁從心底發出這樣的感慨。

海水近在咫尺，蒼穹立於頭頂，這樣與自然親密的接觸，令他又是感嘆又是悵然。

即便人類的科技再發達，技術再先進，也永遠不可能體會到這樣與自然親密接觸的快樂。無法用自己的翅膀飛翔，無法用自己的雙鰭優游，作為陸地生物的人類，註定被困在一方土地之上。

他正陷入感慨之中，卻感覺到身下的「母艦」突然晃動了一下，而且晃動還在不斷加劇。

「怎麼了？」衛深驚慌道。

「嗯，別著急，我去看看。」白璟也不知其所以然，他安撫著藍鯨，走在鯨背上四處逛了一圈。過了一會，才終於發現罪魁禍首。

「大叔，不，老爺爺。」他對一名白髮蒼蒼的年長者，無奈道，「您坐到牠的氣孔上了。」

「啊？什麼細孔？」老爺爺茫然道。

「是氣孔，就是藍鯨換氣的孔！」

「什麼孔？這裡沒有孔啊！」老人家似乎耳朵不太好。

白璟無可奈何，正要繼續解釋，衛深湊過來在老人耳邊說了一句。老人家恍然大悟，連忙挪動位置，露出藍鯨背脊上兩個「小小」的氣孔。

「鼻孔就鼻孔嘛，說什麼氣孔。」老人對白璟道，「我是曉得的嘛。藍鯨和人一樣是一個鼻子兩個孔，你也有兩個孔嘛，是不是，小伙子？」

白璟無力吐槽，他不知道衛深是怎麼想的，明明是來談判，為何把年紀這麼大的老人也帶上？

「這是我們研究所的沈老前輩。」衛深解釋，「他年紀大了，耳目不清，沒發現自己壓到藍鯨的氣孔。至於鼻孔……」他有些尷尬，老人家其實很明白，故意說鼻孔是在逗白璟。

白璟擺擺手：「沒事，只是請大家都注意些。藍鯨不能長時間浮在淺水區，我只能帶你們到最近的海島。然後你們自己聯絡救援，可以嗎？」

衛深嘆了口氣：「也只能如此了。」

「喂，小璟。」李雲婷走近，笑嘻嘻地搭上他肩膀，「這次你請我們免費搭乘藍鯨巴士，上次你跟我哥借的那些盤纏，我就替他做主不用還了。以後他再找你麻煩，你儘管找我——」說到一半，她臉色一變，伸手摸上白璟額頭。

「你怎麼了？」李雲婷緊張道，「你體溫好高啊，白璟！是不是那天落水引起的發燒還沒有好？」

「怎麼可能？」白璟想要拿下她的手，「我皮粗肉厚，脂肪那麼多，怎麼可能會發燒。而且我可是藍鯨，藍……」他正要為自己辯駁，卻發現沒有力氣拍開對方，甚至連說話的力氣也沒有了。

撲通一聲，白璟如同一攤爛泥摔倒在鯨背上。

「天啊！」李雲婷驚呼，「怎麼辦？不不，先扶他起來，我把衣服給他……」她正要把自己的外套脫下來，角落裡突然斜插出來一道黑色的影子。

一隻黑白相間的小傢伙，擋在了白璟和李雲婷等人之間。牠黃豆一般的小眼珠霸氣十足地橫掃了幾人一眼，用短短的翅膀將他們全都推開。

「好痛。」李雲婷的手背被打了一下。

「小心。」衛深道，「這是阿德利企鵝，性情凶狠，地盤意識十分強。牠……似乎不允許我們靠近白璟。」

「阿德利企鵝？」李雲婷探過頭來，「這不就是白璟一直帶在身邊的那隻企鵝嘛，我剛才還在奇怪牠跑去哪了。」

企鵝一個凌厲眼神看過來，李雲婷頓時汗毛直豎。

「不得了。」她摸著自己的手背，「這企鵝成精了。」

「跟在白璟身邊的，未必是普通企鵝。」衛深打量了好一會，「說不定是新品種的海裔。」

「新品種？夠了，像白家那種奇葩的海龜型海裔已經夠特別了，要是再冒出個企鵝血統的……」李雲婷一臉不忍直視的表情，搖了搖頭，「先不談這些。白璟突然暈倒，會不會是使用能力的後遺症？」

她觀察了一下白璟，突然瞪大眼睛，結巴道，「老、老大……海裔，不，親代種的能力究竟是什麼？」

「嗯？像純血一樣的特殊能力，也許有的能變身成原始血脈，像是藍鯨、虎鯨。妳問這個幹什麼？」

李雲婷愣愣道，「我怎麼看見白璟像是變成一條刮了鱗片、快被煮熟的魚呢？」

衛深大驚之下連忙回頭看去。

「這——」他瞳孔猛縮，看著白璟異變中的下半身，「不可能！」

只見白璟的下半身呈現出一種被高溫灼燒後的粉紅色，他高熱的體溫蒸發了鯨背上的海水，不斷有水蒸氣從他身下冒出來。

他雙腿的肌肉以肉眼可見的速度飛快消融又重新構建，長褲被撐裂開，露出了青藍色的光滑肌膚，肌肉的曲線從挺翹的臀部向下收縮，最後演變成類似鯨尾的形狀。月牙狀的尾鰭正在成形，漂亮的淺白色花紋一點一點覆蓋上去……

衛深等人看得目瞪口呆，守在白璟身邊的企鵝突然抬起腳，用力把白璟踹到了海中，自己也跟著跳了下去。

「咕嘟咕嘟——」

氣泡不斷上浮，白璟落水的海域瞬間像是煮沸的開水一樣沸騰起來。

目睹了這一切的衛深和李雲婷兩人霎時震驚得說不出話。

李雲婷揉了揉眼睛：「我一定是眼花，我竟然看到一隻企鵝拉著白璟殉情了！」

而始作俑者，生生快把兩個可憐人嚇出心臟病的白璟，此時正沉浸在自己的夢中。

不過這一次即便是在夢裡，他也沒有偷得半分閒，疼痛像是從骨髓裡鑽出來一般撕心裂肺。彷彿有座火山在體內爆發，血液從血管裡流過都快燙傷心扉。

白璟忍不住整個人蜷縮起來，雙手抱在胸前，卻發現下半身動彈不得，一動就痛。他咬著牙，再也忍耐不住，細碎的呻吟不斷從嘴角流洩出去。

好痛，誰來幫幫我！

正在他疼得要打滾時，一雙冰冷的手撫摸上他的身體，冰涼的觸感順著滾燙的肌膚滑下，瞬間讓白璟舒服許多，他下意識就將身體貼上去，想要更加接觸那股冰涼。

對方似乎停頓了一下，接著，大手用力撫上他燥熱的肌膚，來回徘徊、逡巡，好像是在巡視自己領地的國王。而白璟的痛苦，也在溫柔的撫慰下漸漸消去，連身上的熱度都退散了不少。

「唔嗯……」他喉嚨裡擠出沙啞的聲音，想要看清為自己降溫的究竟是誰。

「別動。」

一個熟悉的意念在他腦袋散開，白璟掙扎著睜開眼：「大白？」

他看到的是許久未見的慕白。不是占據別人身體的慕白，也不是附身企鵝丫丫的慕白，而是變作半人鯊身軀，有著俊美如神祇容貌的慕白。

慕白低頭看著他，纖長睫毛下的陰影將他的眼睛遮住大半，卻擋不住他看向白璟時的關切。一絲銀色長髮被海水帶到白璟身前，捲住他的手指。白璟將手指伸到嘴前，吻了吻那縷銀髮。

「我好想你啊，大白。」

「……嗯。」

慕白漆黑如淵的眼眸顫動了一下，他像是下定了決心，伸手將白璟抱在自己懷裡。

這種久違的依賴感，讓白璟不受控制地在他胸肌上蹭了蹭。慕白微微掀起唇角，看著意識還有些模糊的藍鯨。

「你想我？」

「是啊。」

「為什麼想？」

「因為……」白璟愣愣地皺起眉。

是啊，為什麼想慕白呢？是懷念大白鯊提供給自己安全可靠的保護，還是有別的原因？

慕白見他不說話，作勢鬆開手。

「不行！」白璟捨不得離開這份冰涼，連忙拉住他，又生氣道，「想你是我自己的事，你管我那麼多幹嘛？」

慕白被他逗笑了。

白璟呆呆地看著他的笑顏，許久，感覺有冰冷的嘴唇湊到自己耳邊，輕輕吻了一下。

「既然這樣，就別再想逃開我身邊。」

什麼逃跑？跑哪去？

我不是剛從人類和那個路德維希那裡跑出來嗎？

白璟迷迷糊糊的，只感覺慕白的嘴唇湊在自己耳邊癢癢的。他似乎聽見大白鯊說了許多話，一些很重要的話，但是他撐不住了，眼皮不斷地下垂。

終於，白璟在夢中疲倦地睡去。

看到他失去意識，慕白也只能從他的夢中世界離開。

大白鯊無奈，他抓住白璟的手指用力咬了一口，才不甘心地消失在夢境中，留下最後一句叮囑。

「不要忘了。」

不要忘了什麼？

等等，大白你別走，你又要去哪？

白璟不斷呼喚著大白，突然覺得喉嚨很乾。

不知過了多久，他半夢半醒想要坐起身找水喝，可他試著動了動腿，沒有成功，再用了下力，整個身子突然不受控地彈跳了一下。

怎麼回事！

白璟被嚇醒了，心想，自己不會是發燒導致哪裡出問題了吧！

他睜開眼，發現時間已是夜晚，自己躺在不知名的沙灘上，身下則是一片瑩白的細沙，其他人都不知去了哪裡。

他想要站起身，卻發現自己的情況似乎有些異樣。

藉著月光，白璟看向自己的下半身，朦朧中，只看到一片青藍色的陰影。

白璟瞪大眼，下半身突然抽動了一下。

啪！

在他眼前的是一條不斷撲騰，在淺水裡上下擺盪的——魚尾？

第四十章　分別

從來沒有人告訴過白璟，當他的下半身不再是尋常意義上的下半身，該如何是好？

如果此時在他身下的是一雙腿，他大可以站起來大踏步地行走；即便此時出現的是藍鯨的巨大尾鰭，他也可以自如地擺動它，掀起漂亮的水花。

可是，眼前這個既不是腿，也不是藍鯨尾鰭，反而像是褪了鱗片的鯉魚魚尾一樣的東西，讓白璟真的是束手無策。

對於這條突然異變的魚尾，不，鯨尾，白璟感到十分棘手，他試著彎曲尾巴，可是尾巴根本不聽使喚。

下肢的腿骨蛻變為一貫而通的脊椎骨，從頸部一直延續到尾端。肋骨也有所異變，但是上肢卻依舊是人類的構造，以至於白璟現在根本無法控制自己的行為。

他遵循著做人的模式，總覺得自己應該有兩隻腳，能一前一後地行走。可是一條鯨尾要想同時向兩個方向移動，結果只能說是慘不忍睹。

於是，當李雲婷過來找白璟時，看到的就是一隻在海灘上不斷扭動的——鹹魚？

「噗哈，你在幹什麼？」李雲婷捧腹道，「白璟，你難道不會用自己的尾巴？」

聽到異性的聲音，白璟一驚，下意識彎起尾巴，一個用力跳進了身後的海水裡，將自己大半個身體淹沒在海中。動作之流利，堪比海洋館裡最佳表揚明星，完全不像一隻剛才還擱淺在淺灘的鯨魚。

李雲婷張大嘴：「漂亮！你這本事都可以去海洋館討飯吃了。」

半個腦袋露出水面，白璟咕嚕咕嚕地吹起水泡，哀怨地看著她。

「你為什麼要躲在海水裡？」李雲婷問他。

白璟張嘴低聲念叨了幾句，尾巴在海水裡輕輕拍打。

「你說什麼？我聽不清。」

「我現在沒穿衣服！」白璟羞惱道，「妳是女生，我怎麼能光著身體出現在妳面前？」

李雲婷驚呆了，沒想到是這種理由。

「可你是魚啊……」

白璟惱怒地瞪著她：「鯨魚不是魚！」

「抱歉抱歉，我開玩笑的。」李雲婷連忙道，「快過來，別躲著，我帶了些吃的給你，吃嗎？」

食物？

摸了摸肚子，白璟稍微游近她身邊，李雲婷則彎下腰在包包裡翻找東西。

「我不太記得之後發生的事情。」白璟一邊看著她，一邊說，「我只記得我暈倒了，後來又發生了什麼事？」

「後來？其實我們也不太清楚，只看見你的那隻小企鵝把你踢到了海裡，之後再看到你，你就是現在這副半人半魚的模樣了。那時候差點嚇死我，還以為你快自燃了呢，附近的海水都被你蒸發了。」

白璟想了想，記得慕白變身半人鯊時也有類似的異狀，難道這是所有海裔的共同特徵？

他問李雲婷知不知道這件事。

「海裔？我不知道，在你之前我甚至連能變身的海裔都沒見過。來，食物，拿去吃吧。」李雲婷終於從背包裡翻出了捆紮結實的食物遞給白璟。

「……這是給我吃的？」白璟沉默半晌，問。

出現在他面前的是一捆被綁得嚴嚴實實的蝦——還是活碰亂跳，水淋淋得能甩白璟一臉海水的那種。

「是啊。不合你胃口？那我再換一個。」李雲婷又拿出一隻活蟹。螃蟹揮舞著巨大的螯，幾乎都快夾到白璟鼻子。

白璟連忙甩著尾巴後退兩尾。

「妳把這傢伙放到我面前，究竟是牠吃我，還是我吃牠！」他一臉悲憤地抗議。

「奇怪。」李雲婷拿著手中揮舞著蟹螯的小傢伙，「我問了老大，他說藍鯨就愛吃蝦米、浮游生物之類的東西，你不是藍鯨嗎？」

「我是！」白璟指了指自己，「但妳看我現在這樣子像是一隻鯨嗎？在我擁有一個人類的胃的時候，請給我一些人能吃的東西，謝謝。」

李雲婷恍然大悟：「你早說嘛！」她翻出衣服口袋裡的甜食，「我這裡還有一些巧克力，你要嗎？」

「要！」

白璟毫不客氣地吃起巧克力，李雲婷則乘機上下打量他。

說實話，第一次見到白璟這副模樣，李雲婷不是不受震撼。

月光下，只見白璟赤裸著上半身半浮在海面，海水映襯下的皮膚細膩白皙，

如同精心打造的白瓷。再看上半身，不仔細看會容易忽視的星星般的淺痕，從胸前兩點到腰部，斷斷續續繞了一圈。

而腰部以下隱入海中，青藍色的鯨尾輕輕擺動，水流從尾鰭劃過，蕩漾出漂亮的線條。臀部則被包裹在鯨尾之內，只隱約露出挺翹的弧度和腰椎往下那引人遐想的細縫……

李雲婷忽然覺得鼻尖一熱，似乎有什麼溫熱液體從中流下。

白璟看到滴在水面的一片紅痕，抬頭一驚：「妳怎麼了？」

「沒事。」李雲婷捂住鼻子嘆息，「我只是突然明白，當年周幽王為何會為博美人一笑而點烽火臺……」

白璟莫名其妙地看著她，眼神悠悠，看得李雲婷更受不住了。

「哎呀，你這個禍害！」她一巴掌拍在白璟肩膀上，悄悄揉了兩把吃了下豆腐，「還好你這模樣沒有被太多人看到，不然，嘖嘖！」

話都說到這分上，白璟終於聽明白了，他有些得意又有些炫耀道：「這算什麼，妳沒見過大白，他變身的時候才叫……」突然意識到最好不要跟這些人提慕白，他連忙轉了話題。

「李雲婷同志。」白璟一臉嚴肅，「像妳這樣容易被美色誘惑是不正確的。這樣組織還怎麼放心交代妳任務，妳以後還想不想混了？」

李雲婷哭笑不得：「你這傢伙！吃你的巧克力去。」

白璟得意洋洋地吃著巧克力。他還是挺自戀的，被人家這麼側面表揚了一番，尾巴更是要翹到天上去了。

李雲婷看著他在海水裡不斷搖擺的尾巴，又是好笑，又是不捨。

「小璟。」她說，「我們要走了。」

「你們聯繫上救援了？」

「嗯，在你的鯨魚伙伴把我們送上小島之後，我們就和國內取得聯繫了。」

李雲婷說，「估計再過一會就要抵達了吧，只是在那之前，你得先離開。」她臉色尷尬，「會有別的人和救援隊一起來。」

別的人，指的自然是其他與海裔相關的人士。衛深他們願意讓白璟離開，其他人可未必會這麼輕易放過這個親代種。

白璟點了點頭，頓時也有點食之無味。

「這次分別，我們以後可能就真的沒法再見啦。」李雲婷嘆息，「對了，我這裡有一樣東西要給你。」她翻起口袋。

「走之前，沈老前輩託我帶給你的。」

「為什麼要給我？」

白璟接過，發現是一個沉甸甸的防水布包，裡面似乎放著像是卷軸的東西。

「我也不知道，是老前輩的吩咐。總之，你就收著吧。對了，還有你的那隻企鵝。」李雲婷說，「我們不知道牠去哪了。」

「沒事，丫丫會自己回來。」白環搖了搖頭，看著手裡剩下的半塊巧克力，突然有點捨不得吃。這可能是他從此以後，與人類社會相聯繫的最後一個紀念品了。

李雲婷催促他：「快走，不然等救援來了，你就不一定走得了了！」

白環將半塊巧克力也放進防水袋裡，最後看了李雲婷一眼，翻身潛進海中。

海水從四面八方而來，如同溫暖的羊水輕柔地包裹住他。

這一次，白環明顯感覺到與作為藍鯨時的不同，他的感覺敏銳許多，視線範圍更廣，而作為鯨魚時對磁場和微電流的感應也沒有丟失。可以說半人魚時的狀態，保留了人類與鯨類的所有優點，是最完美的進化。

舒暢地在海水裡轉了一圈，靈活地運用好尾巴後，白環朝李雲婷揮了揮手，潛入深海。

李雲婷目送他離開，須臾一拍腦袋：「糟了，我忘記問他變成人魚時小雞雞究竟藏哪去了！」

她一臉失落。看來這個問題，註定要成為心中永遠的遺憾了。

半個小時後，躲在附近海域的白璟看著一艘直升機在小島上降落，接走了遇難的成員。直到那架直升機消失在視線中，才不捨地收回目光。

「從此以後，我就得一個人生活在海裡了啊……」他有些寂寞地呢喃。

「沒關係，我還有大白嘛！」

「可是大白現在被關在南極冰柱裡……」

「那我還有ㄚㄚ嘛！」

「那隻沒良心的企鵝不知道跑哪快活去了……」

他自言自語了一番，突然覺得沒什麼意思。不如趁這個時候，確認李雲婷給自己的包包裡裝了些什麼？

想到就做，他翻個身，像隻水獺一樣懶洋洋地將肚皮朝上露出海面，拿出防水袋，放在肚子上打開。

「看看究竟有什麼東西。」白環期待地在袋子裡翻了翻，翻出了一卷破爛的羊皮紙。

「這是什麼……地圖？」

他看著羊皮紙上的圖案和線條，「可是不太像。」

這張地圖似乎有些年頭，幾塊大陸的位置都與通行的世界地圖不符，繪圖方式也與現代大相逕庭。

白環看了半天也沒看懂，卻在地圖裡發現一個夾層。裡面又是一張小圖，而這一次，圖上畫的圖案可以簡明清晰地看懂。

上頭畫的是一塊大陸，旁邊還用外文做了標註。

白環按照音標念：「阿特……拉斯。」

「阿特拉斯？亞——亞特蘭提斯！」

第四十一章 地圖

明。

亞特蘭提斯。

傳說中沉沒於深海的古大陸，相傳是上一次滅世大洪水前的人類所創造的文明。

歷史流傳下來的文獻中有不少對亞特蘭提斯的描述。

希臘賢哲柏拉圖曾說，在與希臘遙海相望的另一片陸地上，存在過相當輝煌的文明，而它卻在一夜間消失，不知所蹤。也有神話將亞特蘭提斯描述成海神波塞頓賜予自己十個兒子的國度，以長子之名，命名為阿特拉斯之島。

無論哪種說法，據白璟所知，亞特蘭提斯這個名字天生就與大海有牽扯不清的關係，甚至與百慕達三角洲一樣，被人類稱為兩大未解海洋之謎。

謎之所以是謎，就在於沒有人知道真相，並因此而披上神祕的面紗。

但是白璟手上拿著的這份地圖，竟然赤裸裸地寫上亞特蘭提斯這個名字。

他翻開另外一張大地圖，只見上面在西班牙與非洲最北端之間，赫然多出一個現實中根本不存在的大陸，標為亞特蘭提斯。

白環覺得好笑，一個不存在的大陸，竟然有人繪製出如此精細的兩份地圖。這究竟是在開哪門子玩笑？

他以為這又是那位沈老先生在逗他，想將地圖拋諸腦後，但是他的眼睛卻不由自主地盯著地圖，無法從上面移開視線。

——滅絕於洪水的史前文明。

這與他夢中見到的情景多麼相似，也與白圭說的海裔的來歷十分吻合。萬一，假設亞特蘭提斯真的與海裔有關，那裡是否還存有遺跡，那些遺跡是否能解開困擾他許久的疑惑？

不！不對，白環連忙搖頭。現在的當務之急不是探險什麼古大陸，而是去南極找慕白，把睡美鯊從冰封裡解救出來！不然再凍下去，慕白就真的要變成冰凍鯊魚乾了。

想得太多，白璟都覺得腦袋有些疼，他打了個哈欠，感到困倦。月亮已經升到高空，夜深了。

先睡會吧。等明天一覺醒來，就去南極找大白。

白璟讓自己順著洋流漂動，在海水的托依下隨著波浪起伏。他睡眼惺忪地想，說不定明早一覺醒來，就發現自己被洋流送到了南極。

當然，要是順便能變回藍鯨的模樣就更好了，用現在這個模樣去見大白，肯定會被他嫌棄。而且變成藍鯨，一般的鯊魚都不敢來招惹。當然，除了那隻可惡的……可惡的……

呼，呼……鯨美人漂浮在海面上，不知不覺間熟睡過去。

藍鯨睡覺的時候會打呼嗎？

三胖不知道，他記得反正自己做人的時候從不打呼。而在海裡打呼，則會吹起一串串的水泡，阻擋視線，這樣就會被大白嫌棄。

「嫌棄你什麼？」

嫌棄我醜。三胖委屈地想，「嫌棄我長得像猴子，睡覺還起泡。」

「你哪裡長得像猴子？」

我的手啊，臉啊，關節啊，還有被你鄙視的頭毛、汗毛、鼻毛，各種毛，這些不都是……咦？

三胖低頭一看，他的手臂呢？他的小蠻腰呢？他一頭飄逸的秀髮呢？怎麼都不見了？

出現在眼前只有一雙短短的鰭，還有數十人合抱都圍不起來的粗大腰部。一張開嘴，海水就凶猛地倒灌進來，又從他兩鰓的縫隙間流了出去。

這是——他又變回藍鯨，又是名副其實的鯨三胖了？

「**大白！**」三胖高興地道：「**我變回藍鯨啦，我的大舌頭也回來了！**」

他想起慕白曾經在自己的嘴裡療養過一陣子，還特地張開大嘴給慕白看，讓大白鯊懷念一下「療養院」。

「你本來就是藍鯨。」

慕白搖著鯊尾出現在藍鯨面前，他也恢復了大白鯊的外貌。

「只要你想，你就可以變回這副模樣。」

說著，大白鯊話鋒一轉。

「除非你不想再變回來，還想繼續留在陸地上。」

他漆黑如淵的眼眸盯著三胖，一口大尖牙有意無意地露出來，閃著寒光，似乎只要三胖的回答沒令他滿意，他就要毫不留情地咬上去。寧願把這隻藍鯨吞進肚子裡，也不會放他離開。

三胖沒注意到大白鯊陰沉的目光，而是若有所思地打量著自己久違的百噸身材，他總覺得自己變成藍鯨後智商也跟著下降，怎麼聽不明白大白的話了呢？

算了，先不想那些。三胖興致勃勃道：「我要去找你，大白。」

「找我做什麼？」

「把你從冰箱裡解凍啊！然後帶你離開南極，我們想去哪就去哪，還可以到處去探險。」

在人類社會「待」過一陣之後，慕白迅速明白了他的比喻。

「不可能。」

他一語否決了三胖。

「沒有人能把我『解凍』，除了我自己。但是我現在力量受損，也無法融化這些寒冰，除非——」他的視線在藍鯨的下腹部掃了一眼，有所暗示，卻不願意明說。

三胖順著他的視線看去，立刻悟了。

「我知道了！」

藍鯨巨大的眼珠中倒映著大白鯊的身影。

「你知道什麼？」

慕白問他。

說這句話時，他巨大的鯊魚腦袋微微偏過一邊，不願去看三胖。而尾巴又不自主地搖擺著，暴露了他深藏在內心深處隱蔽而彆扭的願望。

「你的藍寶石在我這，所以你現在發揮不出全部的能力，對不對？」三胖說，「那等我把藍寶石還給你，你不就可以出來了嘛。這麼簡單的事……」

他說到一半，突然看到大白鯊狠狠地扭過頭來，那雙黑色眼睛直直盯著自己，裡面醞釀著滔天的怒火，似乎還有一些埋怨？

「……我說錯了？你看才看著我肚子，難道不是因為藍寶石在裡面？」

不然還有什麼理由能讓大白一直盯著自己下腹？想看自己的小雞雞嗎？呵呵，怎麼可能，我都不知道那玩意藏在哪裡。

被自己的腦補嚇了一跳，三胖抖了一抖，不自覺地游離了慕白一點。

他的動作猶如一盆清水澆在熱油上，大白鯊狠狠磨著牙，想著從哪裡下口比較好吞下這頭鯨魚。

「不，你沒猜錯。」

大白鯊陰狠地笑了兩下，意念傳過來的笑聲，更顯得詭祕。此時，他也不願意告訴藍鯨真相。總是被這隻白痴鯨牽著走，他身為鯊魚的驕傲絕不允許！

下次再對這隻不開竅的藍鯨抱有期待，他就不是鯊！

「不過你現在把它給我也沒有作用。藍寶石裡面的能量，在促進你進化的時候就消耗得差不多。」

「那怎麼辦？」三胖著急問。

慕白轉過身，緩緩游開。

「如果你能找到給藍寶石補充能量的辦法，那就還有希望。至於去哪找，你不是已經有線索了？」

「線索？可是我不去找你，你一隻鯊待在南極，不會寂寞嗎？」

三胖思考半晌，轉眼發現慕白已游到了自己的左眼前。看著那血盆大口近距離地湊過來，讓三胖一時心跳都有些失常。

「我不在乎。」慕白看著他，「只要你不去陸地，我可以讓你去任何你想去的地方。」

他突然用力在三胖的左鰭上咬了一口，告誡道：「別忘了。」

夢境又在漸漸淡去，提醒著三胖清醒的時刻到了。可他還是很迷糊，別忘了什麼呀？

大白你這什麼少女情懷，話總是說一半。你不說清楚，我哪知道你什麼意思？你就不怕我早就忘了嗎！

再說，為什麼每次都要咬我，不知道這很——

「痛啊！」

白璟是被砸醒的。

他醒來的時候，正漂浮在海面上，一隻不知哪裡飛來的短尾信天翁踩著他鼻子，嘴裡叼著一隻烏賊的殘肢，用一隻腳掌踩住殘骸，正在白璟頭頂進行殘忍的分屍工作。在白璟發出痛呼後，信天翁驚醒飛走。

飛到另一邊的浮木上，牠還奇怪為什麼這塊漂浮的木頭突然會說話，就不能乖乖做個餐桌嗎？

短尾信天翁眼神中很有不滿的意思。

白璟摸了摸自己的頭，渾然不知剛才就在這上面發生了一起命案。他還有點混混沌沌，夢境中的記憶正一點一點從意識深處浮現上來。

慕白最後說的那句話是什麼意思？

線索，難道是指這兩份亞特蘭提斯地圖？

白璟看著掛在脖子上的防水袋，心想，難道自己真得先去一趟傳說中的亞特蘭提斯，才能幫助慕白解開冰封？

不過亞特蘭提斯的具體位置究竟在哪？他翻開那張大地圖。

數秒後——

「不會吧！」哀號聲貫天徹地。

傳聞中的失落大陸亞特蘭提斯，與白璟目前的所在地隔得很遠，幾乎是在遙遠的地球另一端，位處北非附近的大西洋海域。如果此刻能從地心穿個洞，就是前往大西洋最近的路程，不過這顯然不可能。

信天翁被他驚得飛起，巨大的翅膀迎風展開，吃力地攀風而上。

白璟抬頭，烈日被海鳥的翅膀遮住，只留些許陽光照射在他的臉上。一半陰影，一半光明，似乎也在預示著他今後的運氣。

白璟自娛自樂地想，也許以後可以寫一部自傳，取個名比如《藍鯨七下西洋》、《深海兩萬里》之類的，也好紀念一下他這即將開始的萬里長征。

正在他苦中作樂之時，不遠處一個黑影慢慢浮出水面，看著苦惱中的白環，目光炯然。

白環突然被砸了一下，疑惑地回頭，驚喜道：「ㄚㄚ？你回來啦！」

久別重逢，他囉囉嗦嗦地對企鵝說了一堆話。

企鵝躲在浮木後看了他好久，須臾，才勉勉強強地露出本尊，看向白環，近乎深沉地發出了一聲。

「嘎啊。」

第四十二章　出發

在做這個決定之前，慕白其實經過了深思熟慮。

比如，究竟要不要上前去？

光是這個問題，他就反覆思考了數十遍。

去，總覺得很惱火，為什麼自己總要圍著這隻藍鯨打轉？作為堂堂大白鯊的尊嚴何在！不去，又實在放不下心，他擔心萬一藍鯨趁這個機會又上岸玩耍怎麼辦？那真的會把鯊氣得吐血。

可是自己才剛剛在夢境裡瀟灑轉身離開，這時候再回去找他，那隻愚蠢藍鯨豈不是會很得意？究竟有沒有什麼辦法，既能跟蹤白璟，又不用丟面子？

是的，我們的大白鯊上岸一趟，已經學會「面子」這個高級詞彙了。

想了好久，他還是決定先附身在企鵝ㄚㄚ身上探聽情況，查明白璟的下一步動作再說。

可是他附身在企鵝身上的時候，白璟明顯還在為自己的自傳命名問題而苦惱，沒有馬上注意到企鵝的回歸。這就給了慕白借丫丫的眼睛，仔細打量現在的白璟的機會。

說實話，大白鯊不喜歡人類的外貌。在鯊的審美中，沒有美貌的概念，只有強壯與健康。配偶足夠強健，後代才能有更高的存活率，適者生存的天性深藏在每一隻鯊的靈魂中，即便慕白是海裔也不能避免。

所以在他看來，什麼憂鬱一瞥的風情、仰望四十五度角的明媚、纖細誘人的體型，這些不能換得半隻魚填肚子的雜七雜八玩意，統統沒有價值！鰭是否粗大，牙齒是否鋒銳，搖擺的尾鰭是不是有力而強健，才是他關心的問題。

而白璟的半人鯨新造型，在他看來，顯然是有那麼些欠缺的。

但是——慕白竟然看呆了！他發現自己的目光總是不斷地在白璟胸前兩個小凸點，以及他身下的渾圓徘徊，那些地方像是有磁石吸著他的眼睛。

慕白懷疑自己是不是瘋了，難道幾次附身在人類身上，讓他的價值觀也變得跟那些猴子一樣累贅而無用了嗎？

披著企鵝皮的慕白拚命扭過頭，告誡自己。

不，這絕對是藍鯨的陰謀，我不能上當，他一定是想借機……他竟然還沒發現我！正在告誡自己的大白鯊，突然又發現藍鯨到現在還沒注意到自己的存在，感覺受到忽視的慕白坐不住了。

撲通！一隻海蟹砸在白璟的腦袋上。

「ㄚㄚ？」白璟回頭一看，驚喜道，「你跑哪去了，怎麼現在才回來？」

他根本沒注意到，這是披著企鵝皮的慕白。

……也許這是一個機會？慕白心道。

藉著企鵝的身分跟在白璟身邊，他既不會發現自己的存在，又方便監視，豈不是兩全其美？可是，讓一隻鯊魚紆尊降貴地偽裝一隻企鵝……

「ㄚㄚ，跟你說，我剛才又夢見了大白，我對他……等等，現在這裡面的是

ㄚㄚ還是大白?」白璟謹慎地停了下來。

你對我什麼?

說話說一半是怎麼回事?誰教會你的臭毛病。

慕白急著想聽下文,迎著白璟的視線,許久,終於放棄尊嚴學了聲企鵝叫。

「果然是ㄚㄚ。」白璟鬆了口氣,「我就想不會是慕白,他剛才好像又生我氣了,我現在不想看到他。咦,ㄚㄚ,你怎麼臉色好像有點難看?」

也不知道白璟是怎麼從一隻只有黑白兩色的企鵝身上看出臉色來的,不過,他倒是因此想起,企鵝跟在自己身邊經歷了這麼多磨難,總要安慰一下。於是,便將企鵝抓過來抱在懷裡,抱孩子似地拍著。

「都是我的錯,讓你這麼辛苦,乖乖,不要生氣。」

慕白根本聽不進他在說些什麼,他看著近在眼前的兩顆粉色的小豆豆,左邊瞧瞧,右邊瞧瞧,有點想咬……

「啊，痛！你怎麼亂咬人！」白璟驚呼，他護著自己的胸部，以為企鵝把自己某突出部位當成了魚蝦，解釋道，「這是咪咪，不是蝦米，不能吃的。」

原來這個部位叫作「咪咪」。慕白默默記下了，繼續偽裝成企鵝，懵懂地在他懷裡蹭了蹭。做起這種事，他現在已經毫無心理壓力了。

白璟倒是挺開心的，在太平洋這麼大一片海上，他正愁沒有伴呢！「ㄚㄚ」的到來讓他不那麼寂寞。不過玩了一會，他還是回歸到正事上。

已經決定了要先去亞特蘭提斯一探，但是如何去亞特蘭提斯倒是個棘手的問題。

游過去，怎麼游？要穿過哪幾塊大陸，走哪個海峽，這些都不清楚。而且他現在身上只有兩份古地圖，怎麼定位都不知道，真是愁死人了。

白璟拿出羊皮卷，翻看著那幅古世界地圖全圖，依稀照著古今大陸對比出自己當下的所在地。

目前他大概是在琉球群島附近，從這裡抵達大西洋的話有東西兩條路線，反正地球是圓的，向東向西都可以抵達最終目的地。對比一番後，白璟還是用自己所剩不多的地理知識，確定了路線。

首先，向日本進發，渡過白令海峽抵達北極圈，接著從美國上方向東行，繞道格陵蘭與冰島。最後，從冰島一路向南抵達直布羅陀海峽，而亞特蘭提斯失落的位址就位於那附近。

白璟看著古地圖，摸著下巴。

「不過這地圖，怎麼畫得好像有些不對勁？」

他手中的是等高線地圖，標出了世界各大陸的山陵起伏，而目前市面上的世界地圖關於南極大陸的那一塊，一律都是空白。因為除了在太空中利用衛星進行資料分析，人類根本無法探測到南極冰封下的具體地形。

白璟的這份古地圖，卻標出了南極大陸的等高線，不僅山脈丘陵，甚至連河川的位置都標註出來。問題是，南極在一萬年前，就已經是冰雪封山的狀態。

難道有人穿越到一萬年前，做了一次全面性的測量，畫出了這幅地圖嗎？

而這些本該震驚世人的事，根本影響不到白璟，以他淺薄的地理知識，根本無法發現其中的差別。

既然看不懂，他就不甚在意地將古地圖收了起來，開始準備遠遊。

「好了，丫丫。」他把企鵝摟在胸前，「接下來該往哪個方向走呢？去日本要向東面，東面，東面……」

白璟閉上眼感受了一下，鯨魚的回聲定位能力，就在此時發揮了功效。

「就是那邊！」

確定了方向後，白璟愉快地甩起尾巴游了起來。

而他意外地發現，變成半人鯨時的游速，竟然比他做鯨時快了不少。如果以前是藍鯨小摩托，現在就是高速列車。這麼一來只花了不到半天的時間，他就抵達了日本本州附近海域。從這裡再往前走，就要靠近漁民捕魚的漁場。

白環放緩速度，而直到這時他才發現，自己附近不知什麼時候圍了一群海豚。海豚們好奇地看著他，不敢接近，整個海豚群在白環附近不知徘徊多久了。

記得不知道在那裡聽過一個說法，海豚就是大洋裡的寵物犬，愛親近人又容易馴養。白環朝牠們招了招手，不一會這些不怕生的海洋精靈就游了過來，繞著他嬉戲。他不禁想起自己初來乍到之時，與一群海豚的碰面。

對了，自己當時還恰巧從虎鯨口裡救下一隻海豚。這麼一想，在虎鯨看來，當時的自己肯定很無理取鬧吧。

不知道那群黑黑白白的傢伙去哪了。而且提起虎鯨，白環總覺得自己好像忘記了一件重要的事……

嘶嘶啾——！海豚群突然變得喧鬧。

說曹操曹操到，白環才想起虎鯨，就看見一群凶悍的虎鯨闖進海豚群，肆無忌憚地追逐著獵物。

白璟：終於想起來了，嘶嘶噠！

他當時去軍艦，不就是為了營救變成熊貓人的嘶嘶噠嗎？一連串變故下來，竟然將虎鯨首領給拋諸腦後了！

不過，眼下究竟是該繼續尋找嘶嘶噠的蹤跡，還是再阻止一次虎鯨的狩獵？正在猶豫間，那群虎鯨竟然放棄海豚，朝他游了過來。嘴裡尖銳的牙齒一閃一閃，嚇得白璟心臟撲通撲通直跳。

不會吧，這些虎鯨想吃我嗎？牠們胃口有那麼好？不對，自己現在是半個人的樣貌，肉多皮軟好下口，不吃才是白痴呢！

白璟驚恐地擺動尾巴逃走，然而他尾巴沒搖兩下就停了下來，因為他更驚恐地發現，自己的退路被這些虎鯨堵住了。

即使退到海面，虎鯨黑色的背鰭也不斷在周圍畫圈盤繞。白璟現在沒有體型優勢，究竟該如何應對這些凶悍的掠食者？

他摟緊ㄚㄚ，有些簌簌發抖。深海中被狩獵的恐懼感，第一次如此真實地降臨到他身上。獵物與獵人，生死競爭，物競天擇。這是自然最簡單的規律。

白璟強作鎮定，努力思考對策。

我並不是手無縛雞之力，我也有自己的攻擊手段！想想吧，怎樣使用能力逼退這些虎鯨？

正在白璟做好應戰準備之時，一隻虎鯨率眾而出，游到了他面前。

這隻虎鯨突然在他面前打了個滾，發出奇怪的哨聲，圓頭圓腦的，動作看起來嬌憨又可愛。

看向白璟，牠還發出尖銳的叫聲：「哇哇。」

白璟無語。

這是什麼鬼！現在狩獵之前還流行先賣個萌嗎？

第四十三章　鯨海

日本海。

毗鄰北太平洋的最大邊緣海，最早由十八世紀航海家命名。然而，如今卻沒有人知道，在很久以前這片海域也曾被命名為「鯨海」——屬於鯨的海洋。

一桶冷水迎頭澆下。

鑽入肌骨的刺痛激得人頭皮發麻，冰水打濕的瀏海下，碧綠色的眼睛緩緩睜開，看向站在自己面前表情得意的人。

「怎麼樣，路德維希先生，還記得我這張臉嗎？」

中島微笑著走近，伸手抓起鉑金色頭髮，強迫他抬起頭來看向自己。

「沒想到你最後會落到我手裡吧？」

路德維希睜著眼，打量著這個面色蒼白，明顯過度縱情聲色的中年人。他聞到人類身上慣常發出來的臭味，微微蹙起眉，將頭撇向一邊。

「混蛋！」中島惱火道，「別給臉不要臉！以為現在還是你做主嗎？」他強行把路德維希的腦袋扭過來，「告訴你！現在沒人會保你，不論是美軍，還是你的那些怪物同伴！落進我手裡，你的命運已經註定了，懂嗎？」

威脅完畢，卻沒有從男人的眼裡看到想像中的畏懼，倒顯得自己像個跳梁小丑。中島大吼：「來人，給我把他綁到船頭！」

「老大，可是組長說要從他嘴裡套話……」

「你也知道我是老大？」中島狠狠一眼瞪過去，沒人敢說話了。

在手下忙著綁人的時候，中島雙手環胸站在一邊冷眼旁觀。他看著那個明明已經淪落為階下囚，卻還一臉冷傲的男人，心裡升起一股說不出的怒火。

一個月前，他帶著自己的船隊出海捕鯨，卻被這個男人橫插一槓。不僅鯨沒獵到半隻，命還差點去了半條。

中島至今仍記得，當時對方給予自己的侮辱。

回到日本後，他放下捕鯨事業轉而進入山口組，因為熟悉海洋被分配到了出海的差事。中島從那裡一步步往上爬，進而得知了更多不為人知的祕密。今天，他終於有機會為自己報仇。

海裔，怪物，天生的殘缺。

中島冷笑著回憶與美軍交易時得到的情報，他倒要看看這個傢伙還能堅持多久。

「老大，人已經綁好了。」

「什麼『人』！」中島啐了一口，「明明是個不人不魚的怪物，懂嗎？」他說著，走到船頭。

路德維希被繩子捆著雙腳，堪堪綁住，身體幾乎是歪斜著要摔入海中。

「聽說你不會游泳？」

中島走到他身邊，「身為海裔卻不能接觸海水？讓我想想這該怎麼說，對！」

他大聲笑道，「用人類的話來說，你就是個不折不扣的殘疾，分文不值的廢物！

怪不得你那些怪物朋友逃跑時把你丟在原地。想想，一條不能入水的魚，又不能在陸地上生活，這世上，根本就沒有你的容身之地。」

路德維希緊閉著眼。

鹹澀的海風吹亂他的頭髮，帶著黏膩鹹濕的沉重感，彷彿連呼吸都將凝滯。低垂的眼角，藏住那本該鋒芒畢露的雙眼。

他就如同懸崖上被反覆啄食心臟的普羅米修斯，痛苦早已經麻木，習慣了蝕心刻骨，微末的惡毒話語便也算不得什麼。

他是條不能入海的鯨。

這只是事實而已。

「解開一條繩子！」中島轉身命令道，「如果他還是不肯交代，就把他直接丟下去餵鯊魚。」

船隻行駛在日本海。

本該繁忙的漁場，因為處在禁漁期而變得百里空曠無船。若是平時，只要有漁船從旁邊經過，便能發現這邊的異樣。而今日，別說是漁船了，便是常常在日本海附近徘徊的自衛隊軍艦都不見蹤影，也正給了中島等人濫用私刑的機會。

然而，沒有人看見，卻有鯨發現了這一幕，還不只一隻。

白璟遠遠地躲在十幾海里外，藉著附近的海豚隱藏自己的身形。在他身後，幾隻大塊頭的虎鯨也畏畏縮縮地躲在海豚群裡，絲毫不顧那些海洋精靈被牠們嚇得瑟瑟發抖。

「就是那裡？」

白璟回頭問。

其中一隻虎鯨「嘶嘶」叫了兩聲，下一秒又擺起巨大的腦袋。生怕白璟不明白，還連做了幾個肢體動作。

看著一隻熊貓在眼前表演默劇是什麼感覺，白璟現在總算體會到了。說起來，這次再遇到這幾隻虎鯨的時候，他明顯發現牠們的智商有顯著的提高。

對，用的是「再」。白璟在遇到虎鯨群的第一秒，就發現牠們正是嘶嘶噠統領的那一批。畢竟世界上還要去哪裡找第二群虎鯨，幾乎個個身上都有慕白的抓痕？

而牠們前來找白璟的目的，更是讓他嚇了一跳。

救人。

還是救那個路德維希！

與虎鯨們的意識交流困難，白璟到現在都搞不明白這幾隻虎鯨怎麼和路德維希牽扯上了。不過，很快，真相就親自在他眼前揭露。

憑藉特優級別的視力，白璟清楚看見遠處路德維希的遭遇。

搖搖欲墜，即將落入海中。見到這人如今的下場，白璟心裡說不清楚是什麼滋味。

此時，船上的人割斷了最後一根繩子，那人就從十幾米高的船頭直接落入海中！

天啊，這個高度以這個姿勢墜下，會游泳的人也會摔殘吧！

千鈞一髮之際，只見一道黑白影子從海中一躍而出，穩穩接住了路德維希。

船上的人卻像早有預料。

「捉住他！」

中島一聲令下。

漁網、捕鯨槍，各種工具齊齊上陣，將救人的和被救的一起困住。

白璟看得愣住了，他身旁的虎鯨焦急地催促起來。

「救！」

「救，首領。」

那個救下路德維希的是嘶嘶噠？他不是被抓走了嗎，為什麼會出現在這裡？

神祕失蹤的噺噺嗟，潛入美海軍的路德維希，這兩者之間究竟有什麼關係，會讓虎鯨首領如此奮不顧身？白璟只一秒就腦補出了一部狗血滿滿的八點檔。

可他沒時間再多想，救還是不救，必須現在做出抉擇。

須臾，他嘆了口氣，終究不忍心見死不救。正要有所行動時，卻突然被懷中的ㄚㄚ咬住了手臂。

「ㄚㄚ？」

企鵝的眼裡滿滿的鄙視，似乎有千言萬語，卻難以道盡。

藏在企鵝身體裡的慕白幾乎要被這隻蠢鯨給氣炸了，牠「嘎」了半晌，終於意識到自己不能說人話，也不能「白痴白痴」地表達憤怒——因為會喪失福利——於是只能喪氣地用短短的翅膀比了比對方船隻，再比了比白璟現在瘦弱的身體。

意思是：你現在這個模樣，還指望救人？別成為生魚片就不錯了。

白璟也明白過來。他現在不是藍鯨，沒有體型優勢，而意念控制的能力不和別人直視就不能操縱，這下該如何是好？

而且這裡又是日本海，人生地不熟……

有了！

白璟眼睛一亮，對身後的海豚群窸窸窣窣，不知下了什麼命令。

海豚們一哄而散，向遠處游去，只留下面面相覷的虎鯨們，不知道藍鯨在賣什麼關子。

另一邊，中島等人正自鳴得意。

「我就知道，一旦把這殘廢放下去，這隻海裔肯定會出來。」

他看著半露在水面，一邊護著路德維希一邊抵擋攻擊的嘶嘶嗟，眼裡露出貪婪的神色。

如果能將這隻親代種抓回去，隨隨便便做個研究，價值都比那個殘廢高許多，絕對是大功一件。他已經迫不及待要領取獎賞了。

在他們的圍攻下，嘶嘶噠漸漸體力不支。他黑色的雙臂上纏滿了漁網，身上有被捕鯨槍劃出的傷痕，白色髮絲沾滿了血痕和汙垢，十分狼狽。

被救下的路德維希沒有受傷，人卻詭異地昏迷不醒，臉色蒼白，身體痙攣，似乎陷入極度的痛苦中。

眼看即將捕獲珍貴的海裔，中島興奮地摩拳擦掌，突然聽見一聲震懾天際的鳴笛聲。

他錯愕地抬起頭，只見遙遙千米之外，一艘白色的軍艦直駛而來，同時不停向他們鳴笛示警。

五短聲——要求避讓，並警告。

來艦上高高掛起的紅色旗幟，則更讓中島心涼了半截。

怎麼把這凶神惡煞給招惹來了？他今天做的任何一件事，如果被其他人發現，回去都是要掉腦袋的！

「撤！撤退！」

中島慌忙下令，船隻向日本領海內航行，根本顧不上嘶嘶嗟。虎鯨首領迷惘地看著突然撤離的敵人。

軍艦沒有追擊，而是在邊界區監視了好一會，才緩緩駛離。

而主導這一切的幕後黑手白璟，正得意洋洋地拍這幾隻邀功的海豚的腦袋。

「做得好。」他誇獎道。

海豚被稱為「海上救生員」，有時候會在因緣巧合之下救援落難的人類。他派出海豚去附近尋找巡邏中的軍艦，就是希望引起對方注意，前來救援。

中日領海邊界敏感區域，雙方常有衝突，己方漁船被對方強制控制的情況時有所聞。這片海域受到海軍嚴密監控，因此發現海豚群異狀的軍艦，哪怕錯判，也不會漏過一個可能。

「這是資訊的時代，同志們。」

他對虎鯨們諄諄教導：「打仗，是要靠腦子的。」

虎鯨們茫茫然不知其所以，而這時，嘶嘶嗟帶著人回來了。

他看著白璟愣了一下，然後下一句話是——

「為什麼大暴牙的雌鯊會在這裡？」

第四十四章　北極

「為什麼大暴牙的雌鯊會在這裡？」

幾乎是在嘶嘶嗟說出這句話的下一秒，白璟就怒了。

他不滿意地甩了甩鯨尾。

「你哪隻眼睛看到我是鯊了？」想了想不對，這傢伙聽不懂人話，連忙用意識怒斥了一番。

嘶嘶嗟拿下黏在頭髮上的一隻海螺，隨手一扔。

「你是大暴牙的伴侶，大暴牙是雄性大白鯊，那麼你難道不是他的雌性？」

「我，是一隻鯨魚！」白璟努力甩著自己的尾巴，恨不得甩到對方腦袋上去。鯊魚有這樣漂亮的藍色尾巴嗎？有這樣小巧可愛的背鰭嗎？大白鯊那皮粗肉厚的傢伙，能和他質感細膩的鯨尾比嗎？

「我知道你是鯨魚，但你也是大暴牙的雌鯊。」嘶嘶嗟用一種你別想再隱瞞的口氣道，「深海裡的傢伙，沒有人不知道你們的事。」

「我們的事？」

我和大白能有什麼事？一隻鯊魚和一隻藍鯨，難道還能生出一隻鯨鯊來嗎？想起以後要是和大白生出一隻全身布滿白色斑點的青褐色鯨鯊，白璟抖了抖渾身的雞皮疙瘩，只覺得自己都快有密集恐懼症了。

「還有大暴牙。」白璟氣呼呼道，「大白那麼一口好牙，你怎麼能用這麼名不符其實的外號稱呼他？」

嘶嘶噠語言天賦顯然高於大白，這句話他瞬間就聽懂了。

「是嗎？那他告訴你我叫什麼了嗎？」黑白髮色的美男子輕輕瞥了白璟一眼，「不用想就知道，不會是什麼好聽的名字。」

白璟無語，這一鯨一鯊還真是天生的對頭啊。他感慨地想。

似乎是察覺到他的意念，待在他懷裡的企鵝不滿地叫了一聲。

「先不論你的身分，今天你幫了我，以後我與大暴牙起衝突，我會退讓他一次。」嘶嘶噠說，「我不喜歡欠其他鯊什麼。」

白璟看了被他救出來的路德維希一眼，這個一直氣勢凌人的傢伙，現如今臉色蒼白得宛如瀕死。

「所以，你救他是因為你曾經欠了他人情？」

「與你無關。」嘶嘶噠把路德維希往背上一甩，像扛麻袋似地扛著他。

「好吧，我只是想提醒你，雖然他也是海裔，但可不是什麼好惹的傢伙。」白璟說，「他應該有很多伙伴，我實在想不明白，他為什麼會出現在這裡。總之……你別輕信這個傢伙。」

「輕信又如何？」

嘶嘶噠不甚在意地挑起了一邊眉毛，「如果他敢騙我，我就把他吃了。」

比起變成藍鯨時滿嘴無牙的白璟，嘶嘶噠那一口尖牙，可不是擺著好看的。

這句話好熟悉，似乎曾經聽某隻鯊說過？白璟摸了摸突然立起的寒毛。

「你自己看著辦吧，我得走了。」

「你去哪？」嘶嘶嗟問。

白璟本來不打算告訴他，但是想想眼前這隻虎鯨並不一般，身上的祕密也不比自己少，說不定能提供線索。

於是他說：「亞特蘭提斯。你知道這個地方嗎？」

正忙著摘掉頭髮上沾到的海草和淤泥的嘶嘶嗟聞言一頓，倏地轉身看向白璟。

「阿特拉斯之島？」

白璟眼睛一亮：「你知道？」

嘶嘶嗟搖了搖頭。

「我不知道它在哪，也不確定它是否真的存在，只是如果你真的要去那個地方——」他說，「記住，要以最真誠的心去。」

「真誠？」

難道是指心靈的純淨？就像人們去祭拜寺廟一樣？白環不太明白，嘶嘶噠卻沒有給出更多線索。

「去吧，盡快出發。」虎鯨告誡道，「你的時間所剩不多。」

白環有種感覺，嘶嘶噠肯定還知道些什麼，甚至包括連慕白都不知道的事。他為何會突然變身，又出現在陸地上，也許都與這些事有關。

但是虎鯨卻像是一個徹底的神祕主義者，無論怎麼問都套不出話來，白環只能放棄。

他在海豚和虎鯨的目送下離開了日本海，向白令海峽出發。從那裡他將進入北極圈，進入北冰洋——世界的另一個極地。

由於企鵝不能長期深潛，白環大部分時間都在海面附近活動。他不敢太靠近大陸棚，以免遇到人類的船隻。

就這樣在海上度過了數個禮拜，終於進入了北極圈。越過白令海峽，真正跨入北極區域的那一刻，白璟彷彿聽見一道鐘聲在心中轟然敲響。他下意識地抬頭看向天空，正好看到朝陽從海平線的那一端緩緩升起。

又是新一天的早晨了，他想道，自己已經橫跨了半個地球，來到了與南極遙遙相對的另一個地方。

北極不像南極那樣形成一片寬闊的大陸，它的陸地面積大部分是由海島和北方國家的北極圈內領土組成，在真正的北極點附近，始終是一片海洋。

北冰洋，全世界深度最淺、面積最小、水溫最低的一片大洋。它從北極點向外擴展，占據了近乎整個北極區域。由於溫度因素，北冰洋不少地區被海冰覆蓋，最核心的區域的海冰，已有數十萬年不曾融化。

那裡的冰層，甚至比現代人類存在的時間更長！

白璟摸著胸口，覺得心臟怦怦跳個不停。

眼前的白色冰海猶如一座威嚴的宮殿，漫無邊際地連綿到天邊，向所有踏入北冰洋的人宣告，這裡就是入口——通向極北世界的神聖道路。

白璟從心底深處升起一股對世界的敬意。

藍鯨再大，也不過寥寥數十米；生物的壽命再長，也跨不過千年之坎。和這個世上的諸多生物相比，從地球誕生之日起便開始漫漫變化之途的自然世界，已近乎永恆。

而比起整個宇宙，地球短短的數十億年又猶如眨眼一瞬間。與這些亙古不變的存在比起來，無論是人類，還是海豬，都不過是滄海一粟罷了。

白璟感慨著，突然意識到一件事。

「對了，ㄚㄚ，你還好嗎？」

他想起ㄚㄚ是南極來的企鵝，來到北極會不會身體不適？比如說南方企鵝不適合北方環境之類的？

企鵝坐在白環右肩上，聞言疑惑地看了他一眼。

——我能有什麼事？

白環從他的眼睛裡看到了這樣的意思。

ㄚㄚ最近是不是越來越人性化了？而且還變得愛黏著自己，總是往自己身上蹭……等等，難道這就是企鵝水土不服的反應？

白環正這麼想著，識海裡突然感受到一陣微弱的意識。

「好冷。」

聲音斷斷續續，但是從近處傳來的。

「你會冷？」他問ㄚㄚ。

得到的自然是披著企鵝皮的大白鯊一個不屑的眼神。

那麼，剛才是誰在說話？

「咯咯咯，好冷。」

微弱的意念聲音小得可憐，白璟如果不在意，根本無法聽見。

究竟是誰在喊冷？他找了半天，終於，發現了掛在鯨尾尾鰭上的異物——一個海螺。

怪不得這幾天甩起尾巴來覺得不太順。

白璟摘下海螺，這玩意究竟是什麼時候沾到自己身上的？他捧著這小玩意把玩，意念再次傳來。

這一次，幾乎是直接鑽進他腦海裡。

「冷冷。」

白璟捧著海螺的手一抖，差點將牠甩進海裡。

「不會吧，難道是這海螺發出的聲音？」

似乎是為了應證他的想法，手裡的海螺緩緩蠕動起來，半晌，探出一片乳白色的肉片，小心翼翼地磨蹭著白璟的手掌。

「冷冷咯。」

小傢伙還抖了一抖，嫩白的肉露在外面，著實委屈可憐。

白璟咽了下口水。

說實話，他此刻腦子裡除了覺得萌之外，更是飛快地竄過一堆菜名——醬爆海螺、溫拌海螺、薑汁海螺等等。似乎是感受到他的意念，趴在掌心的小海螺突然靜止不動。

須臾，白璟突然聽見了嗚嗚嗚的哭聲。

這隻冷餓交加的海螺，被白璟嚇哭了。

海螺的淚水是什麼樣的，白璟沒有見過，他只知道此時自己的心都快融化了。

「好了，好了，不哭了。」他把小海螺放到自己胸前，用體溫暖和牠。

啪的一聲，他的腦袋被用力打了一下。白璟抬頭，看到的正是企鵝不滿的眼神。

那是我的專屬位置，你怎麼能讓雜七雜八的傢伙待在那？

白璟默默移了下位置，把海螺掛到自己左肩上，不然他擔心企鵝下一秒就要吃了這可憐的小傢伙。

即便這樣，看見被一個外來者搶走了寵愛，企鵝眼睛裡的怒火似乎都要變為實質。

慕白此時很想打開這隻白痴藍鯨的腦袋，仔細看看裡面究竟塞的是什麼珊瑚。放著自己這麼一個強大威武，又不惜自降身分賣萌的伴侶不管，去關注一隻貝類，這種低等生物究竟有什麼好的？

海螺和大白鯊，究竟哪個重要！說啊，你這個見異思遷的蠢藍鯨！

他氣歸氣，卻還不能表現出自己的異樣。畢竟，一旦被白璟發現整天趴在自己身上吃豆腐的不是萌物ㄚㄚ，而是居心叵測的大白鯊，未來的福利大概全都要泡湯了。

就在這一鯨、一鯊（企鵝？）、一螺之間氣氛詭異時，白璟突然發現，自己不能再往前游了——前方的海面，已經全部被凍結起來。

怎麼辦？

他剛這麼想，周圍的海水驟然冒起熱氣。下一秒，白璟下半身一涼，便發現自己坦蛋蛋地趴在了海冰上。

他又變成人類模樣了。

白璟只覺得屁股後面火辣火辣的，像是有令人刺痛的目光灼燒在上面。回頭一看，企鵝正用一種奇怪的眼神看著他的屁股。

是我的錯覺嗎，為什麼察覺到了不明的危機感？

白璟立刻合攏雙腿，將企鵝再次抱到胸前。企鵝身披的鱗狀羽毛將牠遮擋得嚴嚴實實，而海螺也老老實實地縮在貝殼裡不探出半步。

白璟回過神來，察覺自己成了這萬里海冰上唯一一個光著全身的生物。

夭壽啦，藍鯨上岸裸奔啦！

第四十五章 NASA

比起裸奔，白璟更在意的是另一件事。

上岸後他做的第一件事情，就是連忙低頭看向兩腿中間。呼，鬆了一口氣，雞雞還在。

在變成半人鯨的時候，他一直沒弄明白自己的小雞雞是藏在哪裡。說起來對於自己的身體構造，白璟本不該如此無知，可關鍵是有些東西一旦用不到，就會不知不覺遺忘了它。

——是的，用不到。

自從變身半人鯨以來，白璟沒有一次用到過他的雞雞。他幾乎沒有進食，也沒有排泄，新陳代謝似乎是以另一種方式進行。只要他還在大海中，就會永遠有源源不盡的體力與精神。

俗話說君子坦蛋蛋，小人藏雞雞，白璟站在凜凜海風中，一開始絲毫沒覺得如此袒胸露乳有什麼不好，直到察覺到企鵝詭異的視線，才下意識想要捂住自己。

但是茫茫冰原，哪裡去找一塊遮蔽物，而且這裡四下無人……

無人？誰說的！

白璟撲通一聲跳到海裡，同時將企鵝和海螺也帶了下來。

「噓。」他提醒一大一小兩個同伴，「不要發出聲音，好像有人來了。」

「咯噠？」

海螺還不理解「人」是什麼，在牠以公分計的大腦裡，根本容不下這些常識。

白璟沒想到這樣的荒蕪之地也會遇到人類，可是仔細一想也能理解，這世界如今還有哪個角落沒被人開發呢？尤其是這片北冰洋的邊緣海，本就是十分靠近北美洲大陸棚的地方，有人類活動的足跡再正常不過了。

最先出現在白璟眼前的，是兩個小心翼翼在海冰上行走的人。他們全身穿著白色的防寒衣，面目也被口罩和帽子遮擋得嚴嚴實實。然而防寒衣上的標誌，讓白璟一眼就認出了這些人的身分。

NASA？

這麼有名的組織，怎麼會跑到這個冰封千里的地方來？

想起前陣子與美國海軍的摩擦，白璟豎起耳朵偷聽，對方的交談聲傳進耳裡，但是他的英語程度，並不足以讓他聽懂對方帶著專業術語的交談。

要是能聽懂就好了。他心裡默默想了一下，下一秒，那些鳥語直接變成意念傳達進腦海裡。

他的能力又進化了。

「就是在這附近嗎？」

「探測到的力場就是在這裡。」

白色防寒衣看起來幾乎與冰面融為一體，而兩個包緊緊的人類，走起路來也像是體型臃腫的北極熊。

白璟把腦袋埋在海裡，只露出一雙眼睛，看見這兩個人手裡拿著儀器，在附近左看看右轉轉，像是在找東西。

力場？那是什麼玩意兒？

「金字塔、南極，現在是這裡。海洋之心的替代能量……我們究竟……」

撲通！

「什麼聲音？」

兩個研究人員回頭一看，只隱約看到一片翻起的尾鰭。

「海豚？」其中一人疑惑道。

另一人搖了搖頭，謹慎地看了下海面。

「走！」他對同伴招了招手，兩人快步離開。

此時，白璟躲在海冰下看著他們離開的背影，心臟撲通撲通直跳。剛剛差點被發現！

都是因為在聽到後面那幾個字的時候，下腹突然升起一股莫名的熱度，好像有什麼蠢蠢欲動要從他體內鑽出來。白璟一時錯愕，沒控制好力道，才發出了聲音。

慕白餵給自己的那塊藍寶石究竟是什麼來歷？白璟摸著小腹想，自從吞下了藍寶石，他總覺得不僅是自己，連接近他的生物都變得古怪起來。

尤其是剛才聽到那兩個人的對話後，肚子裡的藍寶石彷彿有所感應，竟然蠢蠢欲動起來。他覺得自己吞下去的好像不是一塊死物，而更像是某種有生命的東西。

想起嘶嘶嗟說的「你和大暴牙的事海裡都知道了」，再想到自己之前腦補的鯨鯊，白璟整個人僵住了。原來他不是帶寶石跑路，而是個帶球跑的準媽媽嗎？

呸，呸！說什麼呢，他懊惱地打斷自己一發不可收拾的思緒。這種事情，自己一個勁地瞎猜沒用，問本鯊是最管用的。

「ㄚㄚ，過來。」他將企鵝召喚到自己身邊，「最近慕白有聯繫你嗎？」

「嘎啊？」

企鵝賣萌地眨了眨自己的小眼睛。

白璟冷冷一笑：「別裝文盲，你以為我真傻啊？」

他一把揪住企鵝短短的小翅膀，問：「大白鯊呢？把他喊出來，我有事要問他。」

「嗚啊。」慕白一臉正經，假裝自己真的是一隻企鵝。

最近他模仿企鵝真是越來越像了，大白鯊不禁深深憂慮，以後自己重獲自由之日，若是變得只會企鵝叫那該如何是好……

不過比起未來的憂慮，解決當下的危機更要緊。

「嘎，嘎嘎唔啊。」

他拚命使用企鵝語，力求讓自己看起來萬分無辜。

「我真傻。」看了企鵝半天，白璟喪氣地垂下肩膀，「就算大白來了，他也只會『白痴白痴』地叫，本體又被關在南極，他能頂個珊瑚用啊。」

我真傻。慕白心想，光注意不要讓這隻藍鯨跑了，偽裝成企鵝監視他，沒想到企鵝沒大尖牙沒大尾巴，這隻藍鯨造反的時候，都不知道怎麼整治他。

慕白陰陰惻惻地看著白璟，等重獲自由那日，他一定要擒住這隻蠢鯨，好好「教訓」一頓。

一鯨一鯊各有心事，把另一個小傢伙給忘了。

「咯咯噠，冷。」

等小海螺再次叫喚起來的時候，白璟才想起來，他現在不是孤身一人，他還有老幼病殘要照顧呢。

這裡是北冰洋，根本不是來自溫帶海域的海螺適合生存的地方。

怎麼辦呢？他想到剛才見到的那兩個人。附近有人，代表有人類的臨時居住區，是不是可以到那裡看一看，順便「借」一兩件工具？正巧，他要跨過這片冰海，也勢必要從海中離開。

想到做到，白璟立刻從海裡浮出腦袋，找到一個冰面上的通氣孔，甩著又變成鯨尾的下半身，攀住一塊海冰往上爬。就在他這麼「艱難」攀爬的時候，只聽到身後啪的一聲。

往後一看，一條魚被摔在冰面上，還在「啪噠啪噠」地掙扎跳動著。而在這條海魚身後，一隻皮毛柔順發亮的北極熊，兩眼泛光，滴滴答答地滴著口水看向白璟這條「大魚」。

這一次白璟不用使用能力，也能輕易看出這隻北極熊在想什麼。

一定是——媽呀，好大一條魚啊，好想吃啊！

等什麼！還不快跑！

白璟瞬間變成人，背著企鵝頭戴海螺，就在冰原上狂奔起來，連風吹蛋蛋，雞雞四處晃都顧不上了。而在他身後，留著口水的北極熊眼冒精光，追得起勁。

救命啊，熊要吃鯨啊！白璟一口氣跑出老遠，遠遠地又看見剛才那兩個離開的人類。

這真是前有狼後有虎，他究竟是該直接裸奔出現在那兩人面前呢，還是回頭與北極熊搏鬥一番？

白璟正要做出壯士斷腕的決定，身後的北極熊看到人類，卻突然退縮了。半晌，牠戀戀不捨地看了白璟一眼，還是默默回頭狂奔離開。

區區兩個人類，難道比藍鯨還可怕嗎？不知為什麼，白璟覺得自己的尊嚴受到了致命一擊。

就在此時，走在前方的兩人聽到動靜，警戒地轉過身來。

於是，未著片縷、渾身赤裸的白璟，就這麼毫無防備地與他們對上視線。

氣氛近乎凝滯，白璟僵硬地舉起手，努力擠出微笑。

「嗨，你們好。」

NASA科學家：只知道出門會遇到北極熊，沒想到出門還會遇到裸奔的變態！

第四十六章　傳說

今天的風稍顯喧囂。

吹得拉比亞都沒有心思在海港等待了。

學校放假，他好不容易逮到一個父母不在的機會，想要趁機出海。然而附近的船夫們看到他是小孩，哪怕帶著再多的錢，也不願意接待他。

「小傢伙，冬天快到了，海面已經冰封，你這個時候出海做什麼？」有人問道。

「我要去看海豹，我要去看活生生的北極熊！」拉比亞拍著胸膛道。

「哦，你嗎？你還沒北極熊的肚子高！」大人們呵呵大笑。

拉比亞氣惱道：「你們別小看我，我是因紐特人的血脈，是英勇的海上狩獵民族的後代。」

成年人紛紛用一種調侃的目光看向他。

「我們也是因紐特人，小傢伙，可是現在誰還會乘著蒙皮船，帶著梭標出海捕獵？時代已經變了，好好回去上課吧，小不點！」

在一群大人善意的嘲笑下，拉比亞最後只能帶著一肚子的惱火離開。

無知的成年人，他氣惱地想，追逐海洋是因紐特人的天性，而他們卻把本性都遺忘了。他自認為不屑與這幫墮落的傢伙為伍，便獨自一人來到一個偏僻的港灣，看著遠處的白色海冰發呆。

冰海、北極熊、海豹，還有鯨魚。從小聽著因紐特人與北冰洋搏鬥的故事長大，拉比亞對海洋充滿幻想，時常想像自己也是古時在大海中與凶猛鯨魚搏鬥的勇士。可惜，現實往往不盡如人意。

待了一陣子，拉比亞嘆了口氣準備離開。再不回去，就要被父母發現他偷跑出來了。而在這時，他眼角餘光掃過遠處的冰面，敏銳地發現了什麼。

天啊，天啊，那是什麼？

他使勁地揉著自己的眼睛，看向幾乎與天空連成一片的海平線。那裡，似乎有個白色的身影在向他招手？

這是幻覺嗎？漁船早就不出海了，這時候誰會在那麼遠的地方！那裡都是浮冰，一不小心很可能會墜入冰冷的海水中呀。所以，他看見的究竟是怪物，還是幻境？

「管他的！」

拉比亞冒險地跳上一艘廢棄小船，划著船槳前進。距離不算遠，他思考著，以自己的體力，划個十分鐘應該就可以抵達了。

他一直盯著那個白色的身影，沒敢移開視線。直到越來越近，越來越近，拉比亞終於划到了對方跟前。

「哎，終於得救了。」眼前的人說：「我們在海上遇難啦，好不容易得救，麻煩你幫我把這兩個傢伙帶回去。他們昏過去了。」

懵懂的孩子不理解為何有人會在冰海上睡著，他此時已經被失望籠罩。

「原來只是人啊。」拉比亞喪氣道。

「你以為是什麼？」

「不是鯨魚，最起碼也得是隻北極熊。」拉比亞道，「你這個時候在這裡做什麼？」

「等你啊。」

對方調皮地笑了笑，將手裡的充氣皮筏繫到他船上。

「麻煩你幫我一個小忙，將皮筏上的兩人帶回岸上。小心點，我已經為你推開了浮冰，你帶著他們，應該可以安全回去。」

皮筏上有兩個昏迷不醒、衣衫不整的白人。年幼的拉比亞沒有想那麼多，只是很失望並不是自己期待中的冒險情景，他興致缺缺地看了他們一眼。

「所以你喊我過來，就是給你們做船夫的嗎？」

「沒錯，麻煩你了。」說話的人推了一把小船，讓船向港口漂去。

最初的失望過後，拉比亞又打起精神。這幾個人應該是在海上遇難了，自己救了他們也算是一樁冒險。可是，等等——他瞪大眼睛看向身後的人。

難道你不回去嗎？

這句話還卡在喉嚨裡，拉比亞兩隻眼睛陡然睜得渾圓。他現在才發現，這個與他說話的人竟然站在浮冰上！

在這幾片幾乎搖搖欲墜，連企鵝都站不穩的海冰上，這個神祕人不僅如履平地，還微笑著對男孩揮手。

他真的是如自己所想，在海上遇難的人嗎？

拉比亞咽了口口水：「你……」

「你剛才說想看到什麼？」

對方朝拉比亞眨了眨眼睛。

「鯨、鯨魚。」拉比亞愣愣道，「我想像爺爺一樣，做個能與鯨魚搏鬥的男子漢。」

神祕的傢伙聽了，低笑了兩聲。拉比亞看呆了，只覺得這男人笑得真是好看。

隨後，他感到手臂一疼，像是被人用力拍了一下。

「好吧。」那好聽的聲音湊在耳邊道：「把這兩個人類救回去，你就可以跟你的朋友炫耀，你也是與鯨搏鬥過的男子漢了。」

拉比亞瞪大眼睛，下一秒，對方躍入海中，他還來不及驚呼，只看到一條漂亮的藍色魚尾，在眼前一閃而逝。

「真神在上。」拉比亞喃喃道，「我看見了什麼？」

浮冰下的海浪一陣起伏，隱約有一個龐大的流線身影順著海流遠遠游走。

拉比亞突然想起一則從父輩流傳下來的故事。

相傳，近萬年前，剛剛遷徙至此的因紐特人一直受嚴寒的困擾，他們無以生存，就在快餓死之際，一隻智慧的海獸從北冰洋裡走了出來。牠走到陸地上，幻化成了人類的模樣。

海獸對因紐特人說：「我允許你們使用這片海洋。你們可以為了生存而捕獵、繁衍，就像所有生活在此的其他生靈一樣。但是，唯不可使自大遮蔽你們的雙眼。」

那天以後，因紐特人彷彿一夜之間就在這片大地生了根。他們學會了捕獵海豹，甚至是與鯨搏鬥的方式，卻從來沒有忘記這個傳說。

允許他們在這片土地上生活、讓他們再生的，是那隻化作人形的海獸，而牠有著一個傳說的名字。

「普飛亞！」

海獸最初是以極似鯨魚的面貌出現在他們面前，後來因紐特人便以為是鯨化作的神靈救了他們。為此雖然為了生存，他們有時候不得不捕獵鯨魚，但是他們也會為每一頭被獵的鯨舉行儀式，進行祈禱，為牠們的靈魂祝福。

男孩呆住了，興奮地狂吼著。

「我就知道！我就知道！」

他深深向北方叩首，隨後划著船回到了港灣。

那天晚上，一個愛斯基摩男孩救回兩個NASA科學家的故事，上了世界各大媒體的頭條。然而，沒有一個人相信他說的話——男孩聲稱自己看到了遠古的海神。

與此同時，掀起巨大風波的始作俑者，正穿著暖和的防寒衣，在冰封的波弗特海上奔跑著。

「你看到了嗎，ＹＹ？那個小男孩最後的表情！看到我的尾巴，他肯定嚇壞了！」他大笑。

「我要做一個與鯨魚戰鬥的勇士。」白璟模仿著男孩的語氣，隨即噗嗤一聲笑了出來，「真沒想到，現在也有這麼浪漫的人。」

浪漫？

因為說這句話的是個手無縛雞之力的小男孩，要是一個孔武有力的大漢荷槍實彈地這麼對你說，我看你還笑不笑得出來。慕白不屑地冷哼一聲。

「其實，我真的不明白。」白璟說：「我知道，那些拿海裔做實驗的人都是罪無可赦的傢伙，可是這世上，還有更多的人對此毫不知情。為什麼這兩個種族，非要你死我活地對立不可？」

慕白立刻轉身看他，十分不滿，竟然為人類辯駁，難道你還是想要回到陸地嗎？

你要拋棄我，回到那些人類身邊嗎？

大白鯊心裡的怒意像是爆發的岩漿，要將他的心化為灰燼。如果此時他的本體在這裡，再聽到白璟做出任何讓他失望的回答，慕白想，他肯定控制不了自己，會一口咬斷這隻藍鯨的脖子。

趁他還在自己手裡的時候，讓他永遠留下來，哪裡都去不了。

企鵝黃豆般大小的眼睛，容納不下那麼多的情緒，以至於白環沒有第一時間察覺到氣氛不對勁。不過萬幸，在慕白快要失去理智時，他又加了一句。

「可惜無論怎樣，我都再也回不去了。」他一回頭，看到企鵝愣愣的眼神，忍不住笑道，「怎麼，難道你和大白一樣，以為我還想回陸地上去嗎？別擔心，我說了不再踏上陸地，就不會食言。」

你的誓言都不可靠。

慕白暗道，等有機會，一定要想個辦法將藍鯨徹底綁在身邊，他才能安心。

而對於白環來說，偶遇NASA成員，探聽到一些似是而非的情報，也算是一次意外收穫。

力場？金字塔？

這兩者之間有什麼關係？

而岸上的海裔和人類之間的對抗，又進展到哪一步了？

他沒有停下步伐，因為他知道，在解開關於海裔的謎題前，他不會得到任何答案。

即便他想要緩解兩個種族的紛爭，在一無所知的狀態下毫無裨益。他有預感，等抵達了亞特蘭提斯，一切的謎題都會解開。

出發的第四週，白璟終於進入了伊莉莎白群島海域，在大大小小的島嶼內，尋找通向大西洋的通路。然而，陸地上的世界也發生了變化。

海裔與人類的矛盾以意想不到的態勢急劇激化，海裔的存在即將曝光！

而引起這一切的原因，卻是一個生活在普通人類之中的高級種海裔突然失控所導致。他打傷了自己的愛人和孩子，在即將造成不可挽回的悲劇前，被警方控制住。

這個失控的男人，出現了海裔特徵變化的恐怖外貌，被拍到照片的不經意流傳而出，刊載於各大報刊。

一夜之間，人類世界一片譁然。

這是什麼，怪物嗎？竟然一直偽裝成人類的模樣？

難道這世上還有另一種可怕的生物，一直潛伏在人群之中？

海裔的祕密，即將公之於眾。

第四十七章　海裔

這世上是否存在另一種智慧生物？

不是猩猩，也不是猿猴，而是與人類有著同等級智力、相似的容貌、共通的情感，甚至可以完美潛伏在人類社會的生物。

如果真有這種生命存在，而且他們比人類更具智慧，體魄更強健，危險性更高，人類的第一反應會是什麼？

是終於感覺在宇宙中不再孤單，忙不迭地開展友好交流嗎？

不，各國做的第一件事一定是封鎖消息，將異種生物隔絕於大眾視線，向所有人宣告，世上除了人類根本沒有第二種同等的生命體，這樣才能避免恐慌。

政府這麼做錯了嗎？恰恰相反，正因為他們十分準確地把握住了民眾心理，才會如此施為。

就像人類對於外星生命的想像總是帶有恐怖色彩一樣，一旦知道在生活中，有自己根本不瞭解的未知生物存在——但是他們十分瞭解你，並且時刻潛伏在你周圍——人們的反應大多是恐懼，甚至會因此引起大規模恐慌。

所以政府的隔離措施與封鎖手段，也是不得已的應急方法。但是，這也只會在一開始起作用。

襲擊妻女的海裔曝光之後，事情的受關注程度也遠遠超出了一般想像。

僅僅是第二天，那個傷害妻子的「男人」的照片，就在私下廣泛流傳。照片上的「男人」目光凶狠，神情猙獰，更引人注意的是他臉上帶著極似魚鱗的鱗片，如同紋身一樣布滿整個左半身。

鏡頭將他的異狀拍得無比清楚，即使旁邊的警察想要遮擋，也擋不住記者的手中的「長槍短炮」。

在驗證了照片的真實性後，便是網路上一連串頭頭是道的分析。有人說這是新型的人體實驗，有人說是外星人，而更多的看法則傾向於某種未知生物。

起初，人們只是抱著好奇的態度議論這件事，當某個觀點被提出來後，事情的走向就有了轉變。

「想想吧，無論這個怪物是什麼，他已經與正常人結婚生子，成立家庭。如果不是這次事件，根本沒有人會發現他不是人！我們周圍，究竟還潛伏著多少這樣的怪物？你的鄰居、朋友，甚至是親人，都有可能擁有另一種面貌！」

此言一出，瞬間引起一片譁然。

照片上「男人」的神情，表明他並不是一個對人類友善的生物。一時之間，對未知的恐慌在人群之中蔓延。

「我不相信政府對此一無所知，快出來解釋清楚！」

「那究竟是什麼怪物！它會不會威脅我們的生命？」

「抗議！我們要求資訊透明，我們要求活在一個安穩而不是充滿恐懼的社會！」

諸如此類的抗議越來越多。

就在政府忙得焦頭爛額，考慮怎麼處理公關危機之時，一個意外的重磅消息被放了出來。

「致所有人類：我們來自海洋，我們的文明遠遠誕生於人類之前，我們，海裔，才是這顆星球原本的主人。」

一封寫給所有人類的匿名信，在一家社交網站上公開發表。

我們並不是外星人，也不是怪物，我們有自己的名字——海裔。

海裔文明的歷史遠比人類更悠久，我們卻受到了人類文明慘無人道的逼迫和挑釁。

在此，嚴正要求人類政府釋放我們的同胞，否則不排除施以報復的可能。

我們無意向人類解釋太多，但你們只需要明確一點：但凡傷害海裔的人類，都是我們的敵人。

暫且不論這封公開信裡透露出來顛覆所有人世界觀的內容，只說蘊藏在其中的態度——海裔對人類顯然並不友好，甚至是帶有敵意。除此之外，他們還有一種高高在上的傲慢。

對於不瞭解內情的人來說，這一連串重磅消息陸續爆出，不亞於一部好萊塢影片；而對於真正知道事情真相的人，這種態度的宣示更讓他們頭疼。

海裔不再沉默，他們開始針對人類有準備地行動了。這會帶來什麼後果，完全無法預料。

衛深深嘆一口氣，摸著自己腦袋上沒剩下幾根的頭髮，陷入憂愁之中。

「老大，最新消息，歐洲那邊已經有國家公開承認海裔的存在！」

李雲婷拿著一份新報紙衝進來，「現在已經引起騷動了！而抓住施暴海裔的那個國家政府，表示不會屈從於威脅，要嚴格按照程序辦事。」

「越鬧越大。」衛深皺眉道，「這幫人又要開始玩政治遊戲。」

李雲婷看著他：「我們該怎麼做？」

「態度，事情的關鍵點是海裔對事件的態度。」衛深拍著報紙，說，「海裔的存在還未公開的時候，他們本身也存在中立派和激進派。有部分海裔願意隱姓埋名，進入人類社會生活，另一部分打算重振當年輝煌，與人類建立勢均力敵的勢力。妳還記得路德維希嗎？」

「當然，我至死都不會忘記他！」

「他就是激進派的首領之一。前幾年一直潛伏在美軍中，肯定收穫了不少情報。我個人認為，這次的『致人類公開信』，應該就是他的手筆。」

「可是……路德維希不是失蹤了嗎？」李雲婷說，「傳聞那天在公海上美軍折返回去報復，他沒能及時撤退。」

「傳聞只是傳聞。」

衛深道：「這種玩弄人心的手段，很符合他的性格。妳想，這封公開信既表明了海裔的強硬立場，能得到激進派的支持，也表明他們是出於自衛的目的，不會惹怒想要隱世的中立派。甚至，裡面的用詞，還能博得某些人類博愛主義者的同情。一箭三雕，還有誰能想出這麼划算的計畫？我只擔心……」

說到這裡，他停頓了一下，搖了搖頭。

「算了。」他抬頭看向李雲婷，「你們那邊有消息嗎？」

「有！」李雲婷笑了，「自那天以後，我哥就一直在尋找有關白璟的線索，還真被他找到了。你看，這是他整理出來的。」她遞上資料。

「南海艦隊、因紐特人、NASA？這麼看來，他的確是往那個方向去了……」衛深摸著下巴，「雲婷，妳哥確定這些線索都與白璟有關嗎？」

「反正蛛絲馬跡都指向他，肯定是跑不了的。只是我不理解，既然我們已經決定讓白璟過他自己想要的生活，為什麼還要追蹤他的動向？」李雲婷皺眉，「這樣感覺太不磊落了。」

「不是我們想這麼做，而是逼不得已。」衛深苦笑，「妳記得沈老先生要求妳轉交給白璟的那樣東西嗎？」

「記得，和那個有什麼關係？」

「那是希望。」

衛深看向遠處沉暗的天色，「給他的那份地圖，是我們手裡現存最珍貴的線索。如果還有一絲可能阻止人類與海裔即將掀起的戰鬥，白璟就是我們最後的希望。而他，也是所有人類的希望。」

他看向李雲婷，「如果能解開謎題，人類與海裔就能和平商議。雲婷，雖然我可能沒機會看到，但我還是希望妳和妳未來的孩子，能夠幸福地生活在這顆星球上。」

「老大……」李雲婷眼眶泛紅。

衛深話鋒一轉，又道：「我們確認白璟的位置，一方面是希望他能夠替我們解惑，另一方面，也是為了保護他。妳以為，這世上只有我們關注他的動態嗎？」

他語氣低沉，「我害怕的是，一旦白璟發現了祕密，就是某些人開始利用他，甚至滅口的時候。畢竟，那是能夠顛覆整個世界的發現。」

李雲婷她摸了摸手臂上豎起的寒毛，心裡為白璟默默祈禱。

無論你能否發現祕密，一定要平安無事啊，小璟。

與此同時，尚不知道有那麼多目光集中在自己身上的白璟，終於結束了他那長達一個月的海上流浪。

「一個月。」

他立於與直布羅陀海峽遙遙相望的海域中，任由波濤打濕自己的頭髮。

「整整一個月。」白璟用一種近乎詠嘆的語氣道：「我穿越了北冰洋，繞過人類的漁船，躲過了大大小小各種不長眼的鯊魚，甚至還打跑了一隻向我求愛的雄鯨，才終於抵達了這個鬼地方，然而——」

他唰地抖開手中的羊皮卷，看著上面標註為阿特蘭斯之島的地方，又看著眼前連一塊礁石都沒有的海域。

哪裡有海岸，哪裡有陸地，除了海水剩下的還是海水！

白璟又看向腳下那近乎漆黑的深海。

「好吧，現在我又得做一隻潛水鯨，去海底一探究竟了。」

在他身下，漆黑如淵的深海猶如張開巨口的怪獸，向他無聲咆哮。

探索，必將充滿神祕，與無數未知的危險。

第四十八章　時光

當你認定的伴侶在你面前脫光衣服，渾身赤裸，你會怎麼做？

慕白此刻正面臨著這種挑戰。

只不過比起那些性致勃勃的好運傢伙，他卻是被白璟甩了一臉衣服。

「丫丫，接著！」

白璟脫下從ＮＡＳＡ那裡借來的防寒衣，直接扔到了企鵝頭上。雖然這一個月來它已經差不多破破爛爛了，但是白璟本著能節省就節省的主婦精神，還是打算好好保留衣服。

萬一以後與那兩個倒楣鬼有再見的機會，他還可以問心無愧地物歸原主——不管破爛與否，總歸是還了。

「你幫我看著衣服。」白璟對企鵝吩咐道，「等會兒我潛下去的時候，你要確保衣服不被魚叼走，不被海流沖走。還有，你不要總是去追海豹玩！你是一隻企鵝，你的使命是捕魚，不是海豹！牠們塊頭比你還大，你就不擔心被一巴掌拍扁嗎？」

不，我是一隻大白鯊，海豹是我最喜歡的食物。

慕白很想抗議，但是他只能頂著白璟的衣服，用深沉地目光瞪著他腦袋上的那隻可惡的海螺。由於企鵝的生理限制，無法跟著白璟一起深潛，但是另外一個半途加入的傢伙——海螺，卻沒有這種困擾。

大白鯊不能去，海螺卻能去，沒有比這更不公平的事了！可惜，大概是海螺根本沒有大腦這個玩意，即便藉助白璟的能力，慕白也不曾成功附身在海螺身上。

不過想想大白鯊附身海螺的場景，慕白覺得自己的胃部有些翻攪，看到海豹都沒快食欲了。

「乖乖等著。」白璟拍了拍他的腦袋，「我很快就會回來。」

你不會很快回來。慕白心想，而我也不會傻傻地在這裡等。

當然，他沒有讓白璟看出自己的想法，而是裝作乖巧，目送著白璟下潛。

直到白璟消失在視線裡，企鵝猛然跳進海水裡，再次浮出水面的時候，內在顯然已經換了一個。

「嘎啊？」

ㄚㄚ頂著腦袋上的衣服，莫名其妙地看著周圍翻滾的海浪。誰能告訴企鵝，為什麼一眨眼就來到了另一片海洋？

慕白不知魂歸何方，而白璟還在下潛。

沒人回答牠。

目前為止，白璟只去過南極的海底。而因為各種原因，南極的深海並未讓他心生恐懼，反而有一種回到母親懷抱的感覺。

在大西洋，情況卻截然相反。

最開始向下深潛的時候，可以感覺到頭頂的光芒逐漸暗淡，他知道自己正在遠離海面那個充滿陽光的世界。隨著深度加深，最後一抹陽光從視界消失，周圍變得黑暗一片。

白環不知道正常人會怎樣，但是他現在依然可以穿過黑暗的海水，看到遠處的景物。就像是戴著夜視鏡，他雖然能分辨出那些事物的輪廓，卻難以分辨顏色。

最可怕的是在他離開淺水區，還沒抵達深海的這段時間，附近幾乎沒有任何生物。

除了安靜的海水外，只有大洋一層層加重的水壓，感覺像是一下子沉入了深淵，荒蕪而恐怖。在這片黑暗裡，唯一發出些微光亮的竟然是白環自己。

他鯨尾上的銀白色斑點時隱時現地閃爍著微弱光芒，勉強可以照亮附近一公尺的區域。這光芒有些眼熟，白環不免又因此想起，自己很久沒有見到大白的本體了。當然，除了他披著企鵝皮的時候。

企鵝皮！白環忍不住偷笑，他沒告訴那隻自大的大白鯊，在他附身ＹＹ的第二週自己就發現了不對勁。畢竟，世上沒有哪隻企鵝會那麼熱衷於追逐海豹，也沒有哪隻企鵝會主動幫一隻藍鯨狩獵。

這些都是只有慕白才會有的習慣。

然而一旦被戳破謊言，那隻傲慢的大白鯊肯定會惱羞成怒。因此，哪怕看破了大白的偽裝，白璟也一直沒有戳穿。

就讓他沉浸在成功欺瞞了自己的優越感中吧，白璟想，偶爾放縱一下大白也沒什麼不好，而且看著大白不得不頂著一張企鵝臉裝正經，忍耐自己的各種惡作劇，也挺有意思的。

他此時還沒有想到，這麼一放縱，一不留神養成了慕白喜歡抱一抱、摸一摸、舔一舔的習慣，以後可沒那麼容易改正。不如說，當事鯊誓死也不願放棄這些福利。

想著大白的事，白璟繼續下潛。海螺緊緊吸附在他的頭髮上，就像是一個精美的髮夾。白璟能感覺到，海螺不時發出驚訝的意念。大概對於這隻來自日本海的海螺來說，大西洋就像是另一個世界。

深海裡總有一些在別處沒有見過的生物，比如——白璟一個彎腰，躲過了遠處飄過來的觸手。那觸手上長著將近十公分的倒鉤，差點就刮掉白璟的頭皮。

天啊，白璟感嘆，那麼長的倒鉤，便是以他化為藍鯨的厚臉皮程度，也得被劃破半層皮。

下一秒，觸手的主人隨著海流緩緩地出現在他面前，張牙舞爪地向白璟揮舞著自己柔若無骨的軀幹。

這是一隻長相奇怪的烏賊，比起牠的身軀，牠的眼睛大得驚人。更令白璟驚訝的是，這隻不明烏賊的體積竟然與他身為藍鯨時差不多巨大——身長至少有二十公尺。

比起現在兩公尺不到的白璟，牠顯然是一個可怕的怪物。白璟聽說過，在深海有一種烏賊，牠們身軀龐大，實力也不可小覷，甚至可以和抹香鯨相互較量。難道眼前這個，就是傳說中足以將抹香鯨活活勒死的大王烏賊？

然而白璟只知其一，不知其二，出現在他面前的是比大王烏賊更可怕的大王酸漿烏賊。

這種常年棲息在南極附近的巨槍烏賊，偶爾也會在南極往北的海域出現，牠們的赫赫威名，就來自腕足上的倒鉤。就如白璟所想，這些鋒銳的倒鉤足以破開鯨魚厚厚的脂肪。

這簡直是比生氣的大白還要可怕的生物！

白璟嚇得甩起尾巴，打開最大加速模式，想要擺脫這隻烏賊。然而在漆黑的深海中，烏賊彷彿裝了雷達似地總能準確地找到白璟的位置，讓他一時無法甩開對方。

「給我離開這裡。」

白璟試著對烏賊下命令，大王酸漿烏賊只是猶豫了一下，就繼續揮舞著腕足向他纏來。

這該死的能力為什麼又不靈了！正在白璟欲哭無淚時，不遠處傳來一聲悠長的鳴音，宛如大提琴悠揚的琴聲。

白璟心下一跳，回頭看去。

冰冷的深海裡，十幾個巨大的身影如遠古神話中的泰坦巨人，龐大宏偉的身軀逐漸展現在白璟面前。

先是寬大的頭部，然後是流線形的身軀……

一群抹香鯨！寬而大的頭部是牠們的最大特徵，嘴裡的一排牙齒，也表明牠們齒鯨的身分。而牙齒，是與巨大烏賊搏鬥的有力武器之一。

抹香鯨群將大王酸漿烏賊團團圍住，群體優勢讓牠們不必畏懼這隻恐怖的深海怪獸，反而可以輕易地把對方當作美食。

大王酸漿烏賊瞪著牠碩大的眼睛，想要逃跑，卻被最近的一隻抹香鯨咬住了腕足。接著，幾隻鯨魚從四面包圍過來，瞬間便將可憐的烏賊大卸八塊。

白璟摸了摸自己的牙齒，想到藍鯨的無牙狀態，再次嘆氣。果然牙口好就是吃香，連帶著倒鉤的烏賊，都可以一口吞了。

他的一場無妄之災，就這麼解決了。

「呃，謝謝。」

從抹香鯨群出現到巨大烏賊被分屍吞食，全程不過幾分鐘。白璟試著和這些救命恩鯨打招呼，對方卻只是甩著尾巴，一把將他砸向更深的海底。

饒是不用嘴巴呼吸，白璟也被這一下嗆了一口海水。就在他用力咳嗽的時候，肇事的抹香鯨卻不解地看著他，不明白自己只是想表達友好，為何害得這個遠房親戚表情如此猙獰。

體型果然是無法逾越的鴻溝。

看著那邊在分食烏賊的抹香鯨群，白環突然想到一件事，聽說烏賊進食和排泄，甚至生殖，用的都是腹面下的同一個洞，就像母雞生蛋和排泄用的都是同一個洞一樣。

唔呃，白環下意識空吐了一下。他再次慶幸自己是隻鯨魚，而不是烏賊或別的什麼。只是，不知道大白鯊的排泄和生殖……白環腦補出了慕白那張冷臉，瞬間渾身一顫，再也不敢亂想了。

與此同時，他也發現尾巴好像碰觸到了什麼堅硬的物體，無法再下沉。

「咯咯噠。」

海螺發出提醒的示意。

白環低頭一看，這才發現自己已經到了海底，擋住他尾巴的，應該也是海底岩石……石……個頭！誰家的海底岩石會長成倒三角的柱狀體！看起來就像是被狗啃了的冰淇淋好嘛！

看著眼前這造型古怪的不明岩石，白璟突然意識到一件事。他的目的是尋找亞特蘭提斯，那麼眼前這根奇怪的巨石，難道會是亞特蘭提斯的遺跡嗎？

他抬頭看去，抹香鯨群已經游遠，伴著低沉而悠遠的鳴音。只剩下他自己站在空寂的海底，面對著可能是來自萬年前的遺物，以及那潛藏數萬個潮汐下被歲月掩藏的過去。

時光，有如一張破碎的卷軸，於他面前緩緩展開。

第四十九章　選擇

「妳可以離開了，女士。」

警察彬彬有禮地替她打開門，「現在外面沒有記者，希望你們回去可以好好休息一下。」

利塔莎臉色蒼白，青灰色布滿了她雙眼下的陰影。

「離開？」她聲音顫抖，「那他呢？我的丈夫呢？」

警察誤把她的表現當作是恐懼，露出同情的神色，安慰道：「妳放心，那個可怕的怪物已經被我們控制起來。他不能再傷害你們。」

利塔莎雙唇顫抖，想要說些什麼，然而那些徘徊在唇邊的話語終究被寒風吹散，不留痕跡。

她握緊女兒的手，踏進了夜色的清冷中。

「媽媽，爸爸為什麼沒和我們一起回來？」快走到家門前的時候，年幼懵懂的孩子，發出了她的第一聲疑問。

「他還會回來嗎？」

利塔莎不知該怎麼回答，正在這時，旁邊人家的門開了。

「哦，可憐的利塔莎，妳終於回來了。」

從鄰舍裡走出一個臃腫的女人，湊上來抱住她，「真可憐，妳一定嚇壞了吧！我都不知道該怎麼安慰妳。誰能知道，威利竟然會那麼對妳們，他竟然是那麼可怕的……」

「夠了！別說了！」利塔莎打斷她。

「好了好了，我不說，可憐的孩子，能跟我說說這幾天究竟發生了什麼？員警是怎麼和妳說的？妳知道，很多人都在關心妳，就連那些記者也總是來向我打聽妳的消息。畢竟這是一件大事，不僅關乎妳一個人，也許我們該分享一下……」

女人眼裡露出了遮掩不住的一絲貪婪。

利塔莎奮力甩開她的糾纏，帶著女兒進屋，用力關上了門。然而，這依舊擋不住外面那女人自以為是的嘮叨。

「妳要明白事情的嚴重性！那是個怪物，大家都說他不是人類！利塔莎，妳有責任告訴我們……」

嗡嗡，手機傳來震動，又是那個同父異母的姐妹。

「我絲毫不同情妳，麗塔。妳和妳母親一樣，總是做愚蠢的事。妳應該慶幸，警察及時將妳從噩夢中解救出來，沒有讓妳淪為怪物的犧牲品。最後警告妳，我們不會收留妳和怪物的孩子，別打這個主意。」

其他還有許多陌生人發來的簡訊，好奇的、關心的、同情的……這些人站在外人的角度揣測著她的內心，稱呼她為「可憐的人」，卻根本不明白她究竟為何可憐。

利塔莎把臉埋進手臂裡。

「媽媽。」女兒依偎著她，「他們為什麼要抓走爸爸？是因為他對我們太凶了嗎？」

「爸爸生病了才會對妳凶，妳會討厭爸爸嗎？」她輕聲問女兒。

「不。」女孩說，「我知道他不會，爸爸只是生病了，等爸爸治好病就沒事了。」

「即便爸爸變得醜陋，不再和我們一樣？」

「爸爸就是爸爸啊。」女孩露出不解的表情，「不管怎樣，他都是愛我們的。」

利塔莎露出冷笑道：「是啊，但有些人總是不明白。」

和你相似，甚至是擁有血脈關係的親人，未必會給予你真正的愛；而給予你真正愛的人，你又怎麼會在意他的身分？哪怕他是人們口中的怪物。

現在那些人卻要奪走她最後的一絲溫暖，以他們自以為是的正義。

「看來我來得不是時候？」

窗戶無聲地打開，一個黑影站在庭院裡，笑意盈盈地看著母女倆。他彷彿是落入黑夜的一枚星辰，點亮了女人最後一絲希望。

「不。」利塔莎站起身，看向黑影，「你來得正是時候。」

「看來妳已經做出決定了。」

利塔莎沒有回答。

作為替代，她抱著女兒，跟隨那個神祕的影子，一同踏上了再沒有回頭的去路。

第二天，再沒有人見到這對母女。

人們以為她們隱姓埋名，甚至是遭到了其他海裔的殺害，沒多久就將她們遺忘了。

陸地上發生的一切事情，對白璟來說都是遠在天邊，不知也不聞。

他此時正坐在海底的石頭冰淇淋上，努力甩著自己的尾巴，擺出一個經典的美人魚姿勢。

「是這樣？」

他撩起自己長到耳邊的黑髮，頗具風情地撥弄了一下。

「又或者是這樣？」

白環眨著眼睛，假裝眼前有一個人類，朝對方拋著媚眼。當然，那看起來更像是眼皮抽筋，或者是眼角抽搐。

當然，這麼一連串動作的後果是白環差點被自己噁心到反胃。

然而四周異常平靜，偶爾游過的深海生物，也只把這隻搔首弄姿的半人鯨，當作是神經錯亂的怪物。

沒有任何變化。

「真是夠了！」

白環氣餒地攪亂自己一頭黑髮，「我為什麼要像個瘋子一樣，在這裡擺這些娘娘腔的動作！」

都是嘶嘶嗟的錯。

他告誡白璟，要尋找亞特蘭提斯，就要以最真誠的心前往。

白璟聯想到亞特蘭提斯的傳說，如果這裡真是海裔的國度，那麼像半人鯊那樣的外貌，應該就是海裔的最強狀態。

所以真誠的心，就是保持半人形態？這就是白璟坐在「冰淇淋」上方的原因。只是為什麼他又在擺造型？那可就說來話長，要從嘶嘶嗟的一句無心之言說起。

他曾經說過白璟是個雌鯊，還說整個海域都知道了這件事。

那麼，以此為前提。

假設現在的海洋生物是遠古亞特蘭提斯的後裔，假設他們的習俗傳承下來了，假設亞特蘭提斯有自己的社會性別分工，假設他白璟真的是大白鯊的雌性……當然，這些都是假設！

白璟以自己有限的判斷能力作出分析，一個雌性最真誠的狀態，難道不是盡量展示她的美麗？至於怎麼展示，曾是個無可救藥直男的白璟，只想到了《花花公子》雜誌的封面。

因為需要展現最真實的自己才能進入亞特蘭提斯，而白璟在海裔們認識中，等於大白的「雌性」，而雌性的最真誠的狀態就是展現自己的美麗，所以白璟要進入亞特蘭提斯，就得展示他的魅力——綜上所述，才會出現以上那一幕。

「事實證明，嘶嘶噠說的都是廢話。」白璟面無表情地恢復正常姿態，「下次再看到他，我一定要讓大白痛扁他一頓。」他完全沒意識到，自己現在已經是在仗夫欺鯨了。

尋找入口毫無頭緒，白璟只能繼續坐在「冰淇淋」上發呆。這塊巨石，是他在附近海域找到的唯一一個可疑地點。

想來也是，亞特蘭提斯可是流傳已久的傳說，人類對這片海域不知道探索了多少遍。如果真這麼容易找到，那傳說還能成為傳說嗎。

白璟對自己的一無所獲感到氣餒，他尾巴貼在「冰淇淋」上，屁股隨著海底的暗流左搖右擺。

「我可能真的快瘋了。跨越了大半個地球，坐在這破石頭上賣弄風騷，把自己當成雌性。最關鍵的是，有那麼一秒我竟然真的以為我是一隻雌鯊！」白璟面無表情道，「如果我媽看到了，一定會殺了我。」

她知道了一定會說，哦，我家笨胖胖，怎麼人瘦下來連腦子都傻了，智商隨著脂肪一起被沖走了嗎？你哪裡是隻鯊，你明明就是個人。

但是，老媽，我明明也不是人啊……

白璟想著，突然覺得屁股下有個硬硬的東西，一直在戳著自己的屁股。

「別鬧了，貝貝。」他對海螺道：「你爬哪裡都可以，不能爬我屁股。」

「咯噠？」

海螺從他背鰭後冒出來，帶著一絲疑惑。

誰敢爬你屁股，我才不要被凶狠的企鵝給吃掉。

不是海螺在搗蛋，那會是什麼？總不會是大白吧……呵呵。

白璟微微抬起臀部——現在他做這個姿勢有點困難，因為下半身都連成一條尾巴了——然後發現戳他的不是海螺，也不是想像中的大白。

只見石頭「冰淇淋」頂部圓臺上，詭異地伸出了一個小型柱狀體，正好戳在白璟臀部中間。此時，沒了白璟臀部的壓力，它一下子從石縫中聳立出來，還十分精神地晃了兩下。

我靠，白璟一臉驚恐，這年頭連石頭都這麼變態嗎？

就在驚疑之間，他發現了石柱頂端有一道裂縫，頓時覺得眼前的石頭更像某個不好說太明白的器官了。

呸呸，思想太不純潔！

這麼想時，石柱頂端的裂縫凹了下去，中心露出一個凹槽。

什麼玩意？

白璟擋住臉，防止遭到不明液體噴射，可他等了好一會，也沒見到其他動靜。

悄悄地透過指縫看去，總覺得那凹槽有些眼熟。

像什麼……像什麼？

對了，很像他以前留在沙灘上的腳趾印！

白璟下意識變出人類的雙腿，露出大拇腳趾，對著凹槽踩了下去。

下一秒，他整隻鯨往下突墜。

從「冰淇淋」內滑下去的時候，白璟心中只有一個想法。

老天，沒人告訴他這塊石頭是中空的，裡面還有個通道啊！

這通道好長，感覺能一直連接到地心！

最後，我不要做第一隻被地心烤熟的藍鯨啊啊啊！

第五十章　甦醒

《桃花源記》記載過一個世外祕境。

「初極狹，纔通人。復行數十步，豁然開朗……」

豁然開朗才怪啊！白璟無聲尖叫著，玩雲霄飛車似地從甬道裡一個勁地下滑。

甬道變得越來越寬闊，白璟下墜的速度也越來越快，就在他以為自己要穿透地心，到達地球另一面的時候，砰的一聲，下墜停止了，他的屁股重重砸在堅實的地面上。

白璟齜牙咧嘴，表情猙獰。他艱難地彎曲了雙腿，揉了揉屁股。

「還好我肉多，不然早就摔成四瓣了。」

石頭隧道裡，他說話的回音嗡嗡地從牆壁兩邊迴盪過來。

「肉多，肉多，多，多……」

「四瓣，四瓣，瓣，瓣……」

白璟嚇了一跳，張口結舌：「竟然有回音——」

他愣了一秒後更驚訝：「竟然有空氣！」

深海一千公尺大約有一百帕大氣壓，而在這麼強大的壓力下，海底竟然還存在空氣？這簡直不可思議。

白璟接著發現，不可思議的不僅於此，他抬起自己的腳，發現小腿上的腿毛走向有點奇怪——竟然是豎著朝上長的？

白璟記得自己半年前做人的時候，腿毛還是乖乖順順按著地心引力向下發育，怎麼變成鯨之後連腿毛都長反了？不僅是腿毛，黏在自己身上的水滴也一點點地順著腿毛往上滑去，一滴滴水柱像蝌蚪似地從白璟眼前滑走，吸附到他頭頂上。

隨著上浮的水珠看去，在他頭頂的石穹上，竟然倒掛著一座水池。水池裡碧波蕩漾，隱約可見有魚兒在裡面游動。

白璟想，難道自己來到了一個顛倒世界？

不對！他一擊掌，懊惱道。為什麼不換個角度想，不是這些事物顛倒了，而是——而是他自己不正常。

豎起的腿毛、上浮的水珠，還有在天花板的池子裡暢游的深海魚，如果這些不是科幻世界，那麼理由只有一個。

白璟自己，現在才是倒掛著站在天花板上的那個傢伙。

——顛倒的是他！

想明白這點後，白璟「啊」的一聲慘叫，抱緊頭部蹲在地上。

媽呀，好可怕，我竟然倒掛在牆上！倒掛這麼久都沒發現，我的腿毛都發現了，我沒發現！奇恥大辱！

擔心受怕了一陣後，白璟小心翼翼地透過指縫向外看去。

腿毛依舊豎起，水珠早就流乾，深海魚在頭頂游得恣意，而他自己，也並沒有因為發現自個兒其實倒掛在天花板上，而突然失重掉下去。

然後，白環看到自己的小腹有什麼在一閃一滅，像是有個活物潛藏在他肚子裡。

這不是他和大白的孩子……呸，這不是他吞下的那顆藍寶石嗎？

白環靈活的腦子瞬間反應過來，他爺爺的，難道自己之所以成為倒掛蜘蛛男，是和這顆藍寶石有關係？

像是回應他般，藍寶石又愉快地閃爍了兩下，彷彿在說，是的是的就是我，上天入地藍寶石！

白環一陣無語。

還以為當時大白給他藍寶石是為了保護他，原來真相在這裡！我能把你從肚臍眼裡摳出來嗎，能嗎！

藍寶石微弱地閃爍了一下，像在抗議。

白環發現自己又智障了，竟然和一塊石頭較勁。他嘆了口氣，就著顛倒的姿勢，打量起這座海底洞穴。

石洞不像在外面的深海那樣漆黑，兩側的岩石上附著著星星點點的藍色光芒，不知是礦石還是什麼，照亮了整個地洞。

這裡除了池塘和奇怪的魚外，竟然還有一條石頭鋪的小路。那條小路就在他頭頂，一直通向遠處某方。

奇怪的是，白璟發現這條小路的設計有些特別，不像是給海裔走的，倒像是給人走的。

小路十分乾燥，沒有半點水跡，池塘裡的海水都被拘禁在一定範圍，無法蔓延到小路上。小路盡頭通向一扇石門，另一頭通向深不可及的某處，那裡似乎是另外一個入口。

這樣的設計，簡直就像是特地給不會水的人準備的。

可是，有必要嗎？出入亞特蘭提斯大陸的，難道還會是普通人？或者說，亞特蘭提斯其實是屬於史前人類的國度，和海裔沒有關係？

抱著這樣的疑惑，白璟順著頭頂的小路走向不遠處那扇石門。伸手摸上了岩石，冰涼的觸感從指間一直傳遞到心扉，他不由得瑟縮了一下。

「好冷。」

不只是溫度上的，還有另一種難以言說、從內心帶出來的寒冷。就像墓地，像荒原，像死寂的深淵，因為太久沒有生命光顧，而從建築本身透露出的寒涼。

白璟將手貼在石門上，喃喃道：「你究竟一個人在這裡，待了多少年呢？」

石門突然閃過一道白光，像是朝他眨了下眼。下一秒，白璟一個趔趄向前栽倒，差點摔倒在天花板上。

石門開了。

由於他現在是顛倒站的原因，石門頂部正好擋在他的胯部，他只能奮力邁出大長腿，跨進門扉。

「天吶！」

須臾，門內傳來他失神的驚嘆。

他看著眼前的奇景，眼睛睜得又大又圓。

「我從來沒有見過這麼……」

轟隆隆，石門又在白璟身後關上，將他的驚呼與身影一同遮掩在另一個世界。

南極深海某處，被冰凍在冰層下的某個銀色身影，突然輕顫了一下睫毛。

他睜開雙眼，那雙如暗夜星空的眼眸穿透冰層，穿越深海，望向遙遠的另一個方向。

身上銀灰色的斑點開始一點一點地重新亮起，沒過多久，光芒便閃耀得如同滿星之空。

慕白試著握了一下雙手，許久不曾活動的肌肉牽扯著他的皮膚，冰層融化的水滴滑過他微微起伏的腹肌，落入更深處。

喉結上下起伏，他輕聲喚出一個名字。

那個名字曖昧地纏繞在舌尖，帶著數不清的繾綣。連他自己也沒注意到，此時嘴角帶起了笑意。

然而慕白又閉起了眼，再次睜開時，裡面的溫暖已經化作如寒冬冰窟的冷。

他看著頭頂凍結了數百尺的冰層，長而有力的鯊尾一擊破開海冰。

破冰而出半人鯊，重新觸碰到了南極的海水。他深吸一口氣，感受著海水拂過皮膚，輕滑過鯊尾的溫柔觸感。

他又想起了那隻總是賣萌賣隊友的蠢藍鯨。那同樣已經成為他生命中，必不可少的一部分了。

現在，那隻小藍鯨正在遙遠的另一個海域，執行一個連他自己都不清楚的使命。

還在企鵝身體裡的時候，慕白曾對下潛去尋找亞特蘭提斯的白璟暗道，不會等他。因為，半人鯊決定自己去迎回他的藍鯨。

當然，順便再解決一些麻煩。

耳後的鰓濾過冰冷的海水，將慕白因為想到白璟而滾燙的心沉澱了下來，他看著頭頂，隱約看到人類艦隊的蹤影。

半人鯊嘴角裂開，露出猩紅的鯊口，一個掃尾向海面游去。

在海面軍艦上負責監視的人類，還不知道他們監控的怪物，已經逃離了寒冰的牢籠。

「我會去接你。」慕白在心裡對自己道：「前提是，把礙事的人類全都解決掉。」

你不會怪我的對吧？

踏入亞特蘭提斯的白璟突然打了個寒顫，心裡毫無預兆地抽疼了一下。

「怎麼回事？」

他捂著胸口，那裡傳來絲絲的抽疼，屬於鯨的第六感，讓他隱隱有預感，似乎是與大白有關。

大白此時不是還被困在南極嗎，就算披著企鵝的皮在外閒晃，也不會出什麼大事吧？

除非，慕白騙了自己……

白璟趕緊搖頭，大白為啥要騙自己，騙了有什麼好處？他抬頭，看著展現在面前的屬於亞特蘭提斯宏偉面貌的冰山一角。

只要解開海裔的祕密，就能解決一切問題。白璟堅定地邁出步伐，向未知的世界又踏出一步。

然而，他並不知道，等他解開謎題，再次返回海面的時候，一切都已經來不及了。

二零二五年，三月，後人稱為「碰撞的年代」的第一年。

這年發生的大事件，除了海裔向世人公開宣布了他們的存在，世界進入二元對立的局面外，還有另一件大事。

美軍駐紮在南極的海軍艦隊，在一夕之間毀滅於一場史無前例的海嘯。

製造海嘯的，就是被後人稱為海裔純血種的——海神慕白。

「括弧，妻管嚴慕白。」

第五十一章 壁畫

白璟最先看到的是一片黑暗，還有那如散碎的星子，在一片深黑中發出微暗光芒的藍色。

隨著他的腳步踏出，藍色的光芒彷彿被點亮的河川，從他的腳下亮起，一直湧動到黑暗的盡頭。蔚藍色的光帶懸浮在他身下，宛若踏著銀河。

「好美。」白璟驚呼。

看到自己的呼吸在空中凝結成微白的水汽，他這才意識到，石門裡的溫度比外面低了許多。等他回頭去看時，發現進來時的門已經關上了。

沒有出路。

奇怪的是，白璟並未覺得害怕，他心裡翻湧的除了激動，還有一絲淡淡的溫暖，就像是回到了闊別多年的故鄉。

他知道，這裡不會有傷害他的事物。

藍色的不明光芒以白璟為中心一一點亮，似乎是與他身上的藍寶石相互呼應，一層一層的光圈猶如湖面上泛起的漣漪向外擴展開來。

光芒點亮的夜，呼吸吹醒了沉睡的古城，遙遠塵埃中那片片記憶，銘刻在斑駁的石壁上，在此時全部投映入白環眼中。

近處，高低起伏的岩石構成一道道石頭階梯，一直通向遠處的高臺。高臺背後的陰影裡，似乎還掩藏著更宏偉的建築。

白環現在仍是顛倒地掛著，石梯反而在他眼中成了吊頂天花板。問題是，他該如何讓雙腳踩在階梯上，而不是用腦袋頂？

正在他這麼想時，下腹微微感覺到漲腹感，白環頓時頭重腳輕地「啊」了一聲，猝不及防從上面掉了下來，重重摔在石階上，臉都要摔扁了。

「咯咯咯。」頭上的海螺發出類似嘲笑的聲音。

白環惱羞成怒地瞪了一眼，小海螺若有所感。

「噠噠咯？」

「這時候才知道賣萌，晚了。」

白璟一把將海螺髮夾從頭髮上拿下來，捏在手裡。

「不讓你見識見識我的厲害，你不知道什麼叫藍鯨的威力。」他把海螺握在手心，做出投擲的姿勢，「飛吧，皮卡丘——啊！不好，真的扔出去了！」

本來只是打算嚇嚇小海螺，沒想到一個手滑，真把海螺扔到了石梯的另一頭。

白璟連忙跑過去找，可是要在一地碎石裡找到一個不起眼的海螺，並不是一件容易的事。

翻找了半天，他最後好不容易找到海螺，卻發現——

「這是什麼？」

他清理開一片碎石，看到地上畫著一幅模糊的圖案。

是圖騰？

白璟彎下腰，清理出圖案被遮住的其他部分，幾分鐘後，一幅碩大的圖畫出現在面前。

足足有他做藍鯨時那麼大，數十公尺長寬的一幅圖，似乎是用礦石顏料畫在岩石上。

白璟退後了一步，試圖看清圖畫的全貌。

粗壯的鰭、修長的尾巴、碩大的眼睛、背脊上層層疊疊的堅硬鱗片。雖然筆法生硬，還是栩栩如生地描繪出了一個根本不存在於現實世界的史前生物。

但是，白璟見過牠。

很多次，在夢裡，這是被那個少年稱為「普飛亞」的海獸！

白璟來了興致，將海螺隨便往頭上一放，再把周圍的石子清理乾淨。

畫中不只有海獸，牠身邊圍繞著其他海中生物，而在下方的一隻古鯨，竟然不到牠一半的大小。

巨獸本身不像鯨魚，也不像是其他海裔動物，牠有著鯨魚沒有的鱗甲，看起來更像是活躍在陸地上的恐龍。然而即便是恐龍，也沒有這麼龐大的體積。

可惜的是，這幅畫的線索僅止於此。

好在壁畫遠遠不只這一幅。被藍光照亮的岩石上，全部用暗紅色的筆跡，畫滿了圖案。白璟就著微光，一幅幅看了下去。

這一系列的壁畫都在講述一個故事，描繪著巨獸普飛亞在海底的生活，牠的捕獵、巡遊，許許多多場景。

普飛亞並非是一個單純的、位於食物鏈頂端的稱霸者，因為海底的生物們都向牠臣服，有幾幅壁畫上甚至描寫出普飛亞管理其他海獸的場景。

白璟覺得，牠們之間應該形成了某種社會關係，當時那些海獸的智商，至少普飛亞的智商，並不亞於人類。

再往下看去，白璟在另一幅壁畫上發現了另一個熟悉的面孔。

——是那個少年！

壁畫中，一個發光的人影從天空墜入海中。也許是當時的畫師不知該怎麼具體描繪，只畫出了一個人形的軀幹，但是白璟依然從那顆伴隨著他出現的藍色寶石，認出了少年的身分。

少年從天空墜入遠古世界的海洋。

然後，被普飛亞撿到了。

就像白璟那天在南極頂著烏龜一樣，少年正好落到了普飛亞的頭頂，被海獸用全身唯一柔軟的一塊皮膚接住了。

不知道為什麼，看到這一幕的白璟心臟跳動了一下，覺得有些羅曼蒂克。

疑似人類的少年，就這樣與海獸普飛亞相識。

壁畫描繪了無數一人一獸交流的場面，還有少年與其他海洋生物交流的畫面。白璟突然想，難道這個從天而降的人和自己一樣，擁有能與生物意念相通的能力？

事實證明，他的猜想是正確的。被普飛亞撿回來的少年，不僅幫助海獸繼續管理海洋，甚至還教會了牠們語言。

本來還處在原始社會初期的深海世界，因為少年的到來，文明迅速發展，有些海洋生物甚至出現了進化的趨勢。而每一個進化者，都曾與少年近距離接觸過。

進化的原動力，似乎就是那塊神祕的藍寶石。它像是攜帶著神祕的磁場，能改變生物體內的基因。

遠古海洋的生物們進化出了形似人類的新體型，更適合在這個世界生活。牠們進化出了雙腿，登上陸地，甚至與遠古時期的史前人類進行貿易，建立屬於自己的繁榮帝國——亞特蘭提斯！

一切本該如此和平，然而，美好在一夜終結。

少年伏在海獸背脊上，沉默地望著大海。

在他們身後，天空撕裂，海底岩漿爆發，宛若世界末日。

在數萬年後的今天，海裔的文明，便徹底從這個世界上消失。

「怎麼回事，沒有了？」

白璟拚命尋找著下一幅畫，卻已走到了石梯的盡頭。

故事結束了，但是他始終沒有明白，繁盛的亞特蘭提斯文明，究竟是為何滅亡？海裔又是為何會淪落到今天的地步？

「沒有答案嗎？」

他輕輕按住自己的腹部，嘆了口氣。

「當時陪在他們身邊的藍寶石，就是你，對不對？」

他對著自己體內的那顆神祕的石頭喃喃道：「你見證了一切，起源、興盛、滅亡，然後隨著他們一起沉睡在南極的海域。」

想起在南極海墓看到的巨大海獸屍體，還有那具人類骸骨，白璟的心裡有股說不出的沉重。

歲月磨光了所有的美好，留下的只有沉甸甸的過去。

他回想起在自己的夢境裡，無名少年與普飛亞數度出現。最清楚的一次是少年高興地對普飛亞說他終於能回家了，還有一次，便是天地巨變，海獸們驚慌躲藏。

這兩者之間有什麼關係嗎？

從半空墜下的無名少年究竟是什麼身分，他帶來的這顆藍寶石，又有什麼祕密？

「難道祕密就永遠是祕密？」

白璟低聲呢喃，就在此時，他體內的藍寶石突然散發出耀眼的光芒。

嗡的一聲，瞬間彷彿點亮一個無形磁場，大片的藍色光暈從階梯盡頭浮現，清波蕩漾，惑人心神。藍色光暈如同夏夜飛舞的螢火蟲，從黑暗中浮現出來，圍繞在白璟身邊。

他這才發現原來眼前的深淵，竟然是一片海中海。

石階前方被一片海面遮擋住，這片不大的海域暗潮洶湧，深不見底，而在它的另一端，隱約可見高大建築的陰影。

要怎麼才能過去？

不能變成半人鯨，因為海水暗藏的恐怖漩渦，很容易把嬌小的白璟吸走。那麼，只能變成藍鯨了？

白璟深吸一口氣，整個人潛入水中，閉上眼，一隻體型巨大的藍鯨接著出現在海水中。牠的背脊在光暈照耀下，映出絕美的幽藍色。

藍鯨吸了口氣，一頭鑽進了布滿深淵的恐怖深海中。

在那一刻，變成藍鯨的鯨三胖心裡，隱約浮上了一個念頭。也許，真相並不像人們想像的那樣。

他懷抱著這個模糊的想法潛入海中沒多久，石壁後，一個人影悄然浮現，緊盯著白璟離開的方向。

第五十二章　祕密

潛入水下的時候，海水從四面八方湧來，如初春的暖暖清風吹拂過他身上的每一寸肌膚。

再繼續下潛的時候，龐大的身軀擠壓出來的水泡紛紛炸裂，如同喧鬧的精靈調皮地親吻過他的眼睛，便向水面追逐漂去。

鯨三胖盯著眼前這片幽深的海水，愉快地左搖右擺，恨不得像隻終於啃到骨頭的哈巴狗一樣甩動巨大的尾巴。

究竟有多久沒有以鯨的形態在海水中暢游了？三胖自己都記不清。

做人的時候還不覺得有什麼，現在變回鯨魚，就巴不得馬上在這裡游個十七、八回。像是乾渴了好久的人終於得到一滴水，三胖感動得差點熱淚盈眶。

「咯噠。」

趴在他頭頂的小海螺被突然變大的鯨三胖嚇到，差點從三胖背上滑下去。

「抓緊了。」三胖提醒牠，「別被漩渦沖走。」

變成藍鯨的體型後，三胖才發現那些漩渦的吸力有多大，就算是以他現在的身軀要抗衡都有些吃力，更別說是人形或者是半人鯨的形態了。

他噴出一股水柱，帶著小海螺深潛，打算一口氣游到岸邊。

優游於深藍的海水之中。

頭頂，是鑲嵌在黑色石壁上星辰般的光芒；身下，是比深淵還暗的海中之海。體型龐大的藍鯨悠閒地擺著尾巴，跨越過一個個漩渦，像是跨越過一個個倒映著星辰的銀河系。

最終，他抵達了海中之海的另一頭。

「唔啊！」

白璟甩去頭髮上的水珠，踏上了稍顯滑膩的階梯。他背上大汗淋漓，剛才與漩渦抗衡消耗了他不少精力。

歇了幾口氣，他才有餘裕打量眼前的景色。

一條可供二人行走的小道用不知名的黑色磚石拼成，在微光下閃爍著歲月沉澱的光芒，一路往上，道路越變越寬闊，最後寬得足以十駕馬車並排同行。

視線順著小路而上，白璟嘴巴越張越大，在看見道路盡頭那棟宏偉的建築後，他似乎聽見自己下巴掉到地上的聲音。

「那是……什麼？我沒看錯吧……」白璟晃了晃腦袋，把掛在自己瀏海上的小海螺抓在手裡。

「快看！那邊的建築物的影子，看起來像不像金字塔？」

「噠！」

海螺：看什麼看，我怎麼看，我又沒有眼睛，欺負我瞎嗎？

「我要去看一看！」

絲毫沒注意到小海螺悲憤的心思，白璟邁開步伐，在黑石鋪成的小路上跑了起來。他急於看清那棟建築，所以跑得很快，可是漸漸地，他的步伐越來越慢。

因為白璟發現，自己似乎進入了一座遠古的城市中。周圍是一座座高低起伏的建築物，如同環形從中心點鋪散開來。

黑石小路就是穿過這座環形城堡的中心要道，在它的兩邊，坐落著許多同樣用黑色石塊堆砌起來的建築。

白璟不由自主地停下腳步，用手指擦過一個窗臺，只有一層薄薄的灰。透過窗子往裡面看，竟然看到了類似桌椅的家具，有些人家的桌子上，還擺放著造型各異的餐具。

門沒有關緊，桌上還擺著食物，似乎是主人臨時有事，才離開不久。

然而，時光已然無聲流逝了近百個世紀。

白璟第一次如此強烈地認識到，自己來到了亞特蘭提斯，一個曾經繁榮於這個藍色星球之上的文明。

它曾有著繁忙的海上貿易，有神奇而強大的種族，以及屬於自己的獨特文化。

可以說這一切的榮耀，都絲毫不亞於今天的人類。

這個文明，卻在一夕之間消失殆盡，宛若空夢一場。

白璟關上門，正準備退出去時，整個人突然一僵，回頭盯著牆上的某一處。

「不可能……」他幾乎是嘆息著說。

他迅速離開這戶人家，前往另一座住宅。

這家牆上也掛著同樣的東西。

為了驗證猜想，白璟甚至親自上前測試。

——結果正如他所想的那樣。

不，不，若是真如他所想，那麼海裔一直以來為爭取自由所做的一切，不就像個笑話一樣嗎？

不只是海裔，這整個世界都變成了一個笑話！

白璟放下東西，挨家挨戶地查看，幾乎是在每個住宅都發現了同樣的東西。

「竟然是這樣嗎？」他不知該懷著怎樣的心情，失魂落魄地走在街道上，「可是為什麼會變成這樣？」

白璟站在黑石道路的高處，看著坡下一間間沉寂的房屋，像是一座座樹立的墓碑，將過去全部塵封於此。

「咯咯？」

海螺不明白藍鯨在困惑什麼，蠕動著從他的頭髮爬到他鼻子上，重重的貝殼直對著白璟的眼睛。

「別鬧。」

白璟把牠放回頭頂，深吸幾口氣，平復了呼吸，又再次看向遠處那個高大的黑影。

那個在黑暗中隱約露出輪廓的龐大建築，是這附近最高的建築物，其他建築都是以它為核心，按照某種規律點綴在周圍。

白璟猜測，無論亞特蘭提斯是以世俗政權建立的國家，還是以神權建立，那座核心建築一定是這裡最重要的地方。

那麼，他能在那裡，找到解開一切疑惑的祕密嗎？

白璟再次邁開步伐，向中心區域跑去。

看起來近在咫尺的距離，卻讓他跑了足足一個小時。白璟累得幾乎快岔氣了，恨不得變作藍鯨，用魚鰭在地上當腳用。

終於，跑了快半條命後，他來到了最中心的神祕建築物之前。

方形的底座，等腰三角構造的四面牆壁，最頂點則是小型的神廟類建築。

「真的是金字塔。」白璟現在已經不再感到驚訝了。自看見大白變身以後，今天所聞所見的一切，再次重塑了他的世界觀。他看著懸於半空的神廟，開始一階一階地爬金字塔。

直到爬上最後一階，他的臉龐已經被汗水蒸得通紅。顧不得抹去汗水，白璟立刻走進黑石搭建的小廟裡。

視線先是一暗，然後便有藍色的光芒星星點點亮起。

接著，他看見了描繪在神廟正中，一幅碩大的壁畫。

藍色，無邊的海洋洶湧瀰漫整個星球。

黑色，位於極點南方大陸，頭頂著萬里星空。

一隻海獸與人類，分立在在藍與黑的背景之中。在他們之下，則是一個黑與藍的漩渦，漩渦中有著一個人身魚尾的海裔正在成形。

這就是亞特蘭提斯最重要的祕密。

人類，海裔。

海裔，人類。

為什麼兩個種族如此相似?答案終於揭曉。

因為亞特蘭提斯某種神奇的磁場，使得這裡的事物得以保持萬年不變。

這給予了白璟發現祕密的機會，之前他在那些空蕩的住宅裡發現的東西，則是一個非常類似羊皮氣囊的呼吸面罩——一個能為使用者提供氧氣的原始工具。

海裔當然不需要在海水中使用呼吸工具，那麼，會有誰需要呢？自然是人類。

他幾乎在每家每戶中都發現了面罩，更證明這座海底之城不僅有海裔生存，還有人類。

需要腳趾開啟的密道，需要化作鯨身度過的海峽，這一切不是都在暗示，這是一個兩族混居的都市嗎？

石壁上的這幅畫更昭示了一切。

遠古的亞特蘭提斯，屬於人類與海裔共有，甚至，他們原本就可能是同一個族裔。

白璟踉蹌後退一步，聲音幾乎是從喉嚨裡擠壓而出。

「為什麼？」

為什麼明明同樣的血脈，如今會刀劍相對？為什麼人類與海裔變得如同世仇？

「那是因為他們忘記了自己的本源，忘記了海洋。」身後傳來一個清冷的聲音。

白環驀然回頭，冰冷的空氣蜂擁著鑽進心房。

他看著那個出現在神廟下方的身影——

「是你！」

第五十三章　欺騙

「是你！」白璟戒備地後退。

一個不可能出現在這裡的人站在神廟廊柱之下，低沉的聲音透過塵封萬年的空氣傳來。

「不是我，是我們。」

來人微微側身，露出了隱藏在身後的另一個人影。

「嘶嘶噠！」白璟驚怒交加，「我就奇怪他怎麼進得來，原來是因為你！你……」他臉色一沉。

看現在這幅情景，想也知道當時在日本海，嘶嘶噠看似善意的提醒，其實是別有所圖。

嘶嘶噠站在路德維希身後，好整以暇，絲毫不覺得自己做了件忘恩負義的事。

「早知道當時就不救你們！」白璟氣得牙癢癢。

「我的確欠你人情，但我也欠他一命。」嘶嘶噠看了路德維希一眼，道，「在還清欠他的之前，即便要我做對你不利的事，我也必須答應。」

「那你就不考慮考慮我也救了你一命啊！」

「事情總有先來後到。」

白璟氣得吐血。一個月不見，嘶嘶噠不僅學會說人話，還會說成語了。

看來你語言能力比大白還高呀，嘶嘶噠，就是情商低得令人憤慨，哪有像你那樣算人情的啊！

至於路德維希，白璟雖然也算是間接救了他一命，但是他從來不指望這個傢伙會記得這份人情。

他不心心念念地想著算計自己就好了——就像現在這樣。

路德維希絲毫不在意白璟殺人一般的目光，他跨過白璟，走到壁畫面前，伸手輕撫上面的圖案。

「誰能想到，一萬年前的海裔與人類朝夕相處在一起，而如今的海裔，也不過是人類與史前海裔的後代。」

白璟豎起耳朵。

「人類與海裔的後代？」

他在白家的時候，族人可是一直十分排外，他母親就是因為嫁給了外族，母子倆才被排除在族內核心事物之外。

路德維希回頭看他一眼，似笑非笑。

「無論是動物還是植物，雜交的後代往往比同族更為優秀。不然，你以為你的能力何以遠勝一般海裔？」

「你的意思是，我的父親是個人類？」

白璟不敢置信。他一直懷疑自己能力之所以這麼厲害，能變鯨魚又能變半人鯨，是因為他的父親擁有強大的海裔血脈。沒想到，真相這麼出乎意料。

「一個封閉的體系只會走向沒落。」路德維希沒有回答他，繼續撫摸著石壁上的紋路。

「海裔早在數千年就明白，想恢復以往的繁華，只有利用人類的力量，所以，海裔與人類的混血數量一直不少。當然，排斥外族，堅決不與人類通婚的極端情況也會出現。但真正瘋狂的——」路德維希冷笑一聲，指尖幾乎都要用力扣進石縫裡。

「真正瘋狂的是那些為了獲得更強的力量，把自己的子嗣當作實驗品，不停與人類繁殖的海裔！實驗品並非每一個都是完美的，所以唯一完美的那個成果，就會格外讓人嫉妒！」

他倏然轉過身，碧綠的眸子在幽暗的光線下猶如鬼火。

白璟不禁後退一步，又突然輕笑。

「你想說的是，你就是那個與人類交配生下來的失敗實驗品？而我，就是你口中所說的完美混血？」

他毫不畏懼地看向路德維希的綠眸。

「就算是這樣，這和我有什麼關係？」

「和你有什麼關係？」路德維希被觸怒了，大步地走向白璟。

「你！簡直不知道自己有多麼幸運！不僅能完美變身，還集合了人類與海裔的所有優點，這世上，除了那個怪物，幾乎沒有別的海裔敵得過你！你擁有這些，不是靠努力，也不是靠血脈，只是靠基因排列重組得到無與倫比的幸運！」

他指著自己臉上被海水浸透留下的傷疤，同樣的疤痕密密麻麻地遍布了他全身。

「而我，身為一個海裔，不能躍入海洋；作為一個人類，也不被認可。不被人期望地出生，被當作游離於兩族之間的孤魂野鬼。明明同樣是海裔與人類的混血，上天卻如此不公平，那個幸運兒還在我面前，一臉嘲諷地說——這和你有什麼關係？」

可是，這和我又有什麼關係呢？

路德維希想。

為什麼同樣是親生的骨肉，我就要被親生父母當作廢物遺棄，被人類當作棋子利用，被海裔當成是叛徒？

費盡心思，只為了得到一個能與眼前的白璟站在同樣起點的機會，換來的卻是對方一句「與我無關」。

這世上有那麼一些人，生來就高高在上，所以根本無法體會渺小螻蟻的痛苦。

路德維希猙獰的表情嚇了白璟一跳，但他仍然無法理解對方的痛苦與掙扎。

白璟淡淡道，「我不是你口中所謂的完美實驗品，我只是母親與父親相愛生下的孩子。」

「愛？」路德維希大笑，「海裔與人類？」

白璟靜靜地看著他。與先前的印象迥然不同，這一次見到的路德維希情緒起伏太大，完全超乎他的想像，似乎這個被壓抑了太久的人，就要在此刻爆發了。

事實證明了他不祥預感是正確的。

路德維希停下笑聲，望向白璟。

「把它給我。」

白璟挑眉：「我可不記得，我身上有什麼屬於你的東西。」

「對，不屬於我，但是海洋之心屬於整個海裔。」路德維希一笑，「怎麼，難道你不知道那個怪物給你的寶物的名字？看來他沒有告訴你，是不是？可憐的小藍鯨。」

「他不是怪物，他叫慕白，謝謝。」白璟鄙視道，「我和你關係不熟，不要那麼親密地喊我，你是變態嗎？」

路德維希絲毫不在乎白璟的吐槽，又道：「無論你怎麼稱呼那個怪物，怎麼稱呼海洋之心，都不重要。現在，把它給我。」

他碧綠色的眼眸裡，泛上一層猩紅的血絲，淺金的髮色在微光下，也變得暗淡許多。

白璟明白，眼前的這個人已經沒有理智。對方人多勢眾，他該怎麼逃跑好呢？

「也許你不知道海洋之心有多重要，我告訴你。」路德維希緩緩道，「知道為什麼亞特蘭提斯能萬年保持不變嗎？」

「因為海洋之心？」白璟一邊想著逃跑，一邊與他虛與委蛇。

「不，是因為這裡強大的力場。」路德維希說，「每一座金字塔，都能形成一個龐大的力場，這些能量的神祕作用，人類根本毫不知曉。埃及、馬雅、俄羅斯，甚至南極，到處都有各式金字塔，這些都是我們祖先為聚集能量而建造的。擁有這些能量的海裔，根本不用懼怕人類的威脅。」

「聽起來很中二……咳，很厲害。可是金字塔都建立在人類的地盤上吧，海裔們要怎麼利用它們的能量？」

路德維希輕輕一笑：「一萬座金字塔，也比不上你腹中的海洋之心。它能聚集所有的能量，並利用這些能量促進附近的生物進化，簡直堪比上帝。如果合理利用，它甚至能製造出真正的神蹟。」

我靠，這傢伙怎麼知道藍寶石在我肚子裡？不對，我們家海洋之心竟然這麼了不起，馬麻好欣慰啊。

就在白璟還在胡思亂想之際，路德維希又開口道：「只要掌握了它，就足以與所有人類對抗。」

「等等！」白璟發現不對勁，「可是裡面的能量已經在我變身的時候用光了，連去南極救大白都做不到，你要了也沒用啊。」

「用光了？」路德維希眼神陰翳。

「真的。」白璟用率真無比的眼神看向他。

半晌，就在他以為對方會暴起揍人時，路德維希卻大笑出聲。

「荒唐！蘊藏著整個星球能量的海洋之心，會被區區藍鯨耗盡能量？你知道這世上有多少金字塔嗎？你知道宇宙中有多少星辰嗎？即便同時讓一萬頭藍鯨變身，海洋之心的力量也綽綽有餘，甚至，即便是真的用光了，只需要一個潮汐，它就可以恢復。」

白璟看著他的表情，發現對方不像在說笑。

他的心漸漸涼了下去，路德維希說的是真的？可為什麼大白要……

「而且那個純血怪物，是比你還要強大的海裔，讓他受傷勉強還有可能，但是被困在南極不能動彈？簡直是笑話。」

路德維希若有所思，一臉憐憫地看向白璟。

「你肯定被他欺騙了。」

欺騙。

白璟從沒有想過，有一天，這個詞會用在他和大白之間。

第五十四章　慕白

大白鯊為什麼要欺騙小藍鯨？

這不是一個簡單的情感問題，也不是一個普通的哲學問題，而是一個複雜得牽涉到社會、種族、海況，以及當天天氣的抽象問題。

要回答這個問題，必須上升到鯨與鯊，這兩個不同物種的生理與心理層面，進行系統性的科學研究。

首先，找到身為當事鯊的慕白，瞭解大白鯊曲折的心理歷程。

那麼，大白在哪呢？

大白此刻正在天空自由地翱翔，咳，準確地說大白鯊正離開南極海域，向大西洋前進。

沒錯，慕白正以原始的鯊魚形態，一路上心心念著白璟的名字，趕往亞特蘭提斯。

尖尖的背鰭破開水面，他可以清晰地感受到海水被背鰭分開爭相湧向兩邊的觸感，標誌性的背鰭，也足以將附近的海洋生物嚇得退避三舍。然而，趕不走那些人類。

自從慕白重創美軍停留在南極海域的艦隊，造成重大傷亡後，他就成了美軍國際黑名單的第一位。無論付出什麼代價，消耗再多人力物力，他們都發誓要拿下這隻深海怪物。

但是，即便近地面宇宙布滿了美軍的間諜衛星，地上基地開啟搜索裝置四處偵查，也無法在地球三億多平方公里的海洋裡，找出一隻變成原形的大白鯊。

或許海裔有特殊的能力能夠感應到慕白，人類卻缺乏這種能力。於是，他們只能眼睜睜地看著大白鯊消失於視線中，甚至不知道，這隻鯊正打算在他們的眼皮底下做些別的好事。

從南極前往大西洋，白璟花費了近一個月的時間，慕白只需要不過區區數日，但是就這數日時間，也幾乎耗費盡了他的耐心。

將白璟一隻鯨丟在亞特蘭提斯，總是讓慕白心神不寧，如果不是逼不得已，他恨不得時時刻刻把藍鯨栓在背鰭上。

但是即便再想將白璟呵護在自己鰭下，有些事情還是必須讓藍鯨自己面對。

尤其是上岸一次後，慕白更是明白，不能再讓白璟一無所知下去了。他必須明白更多的事，哪怕真相會對他造成更大的衝擊，哪怕他會在這個過程中受傷……為此，他甚至不惜欺騙藍鯨，將他騙去亞特蘭提斯。

可是去你海獅的！慕白後悔了。離開白璟的第二天，強烈的不安感便一直籠罩在他心頭，似乎有什麼惡兆將要應驗。

慕白躁動不安，想要回到白璟身邊，立刻！

然而，他卻在靠近亞特蘭提斯海域之前，停了下來。

大白鯊幾乎靜止於海水中，咧開大嘴，冰冷的海水從尖牙間流逝。漆黑的瞳孔透過海水，看著前方排成陣列的艦隊。

——看來，這群不速之客在這裡等他很久了。

大白的尋鯨之途被意外打斷，而白璟還被路德維希說的話震懾住，半晌才回過神來。他勉強笑道：「不可能，你以為我會相信你？這種最低等級的離間計，白痴才會上當。」

「我是在離間還是在陳述事實，你自己清楚。」路德維希道，「那個怪物究竟是用什麼名義把你騙到這裡來，我不清楚，但是我知道他為何這麼做。」

他指著三人所站立的地方，「這座金字塔，是亞特蘭提斯的能量中心，作為遠古海裔的故鄉，只有在這裡，海洋之心才能發揮它最大的能力。等你把吸收了亞特蘭提斯能量的海洋之心帶回去給他，無論是滅亡人類，還是帶領海裔統治這個世界，他有什麼事情做不到？

「只需要花言巧語騙你乖乖交出海洋之心，他就是這個世界的主宰！到時候，所有的人類、所有的海裔，都將是他麾下之臣！他就是神靈！」

路德維希的表情瘋狂而癲亂，嘶嘶噠只是默然站在他身後，對他描繪的場景不予置評。

本來就有些心慌的白璟，聽見路德維希這麼說，更是心裡忐忑。

「怎麼，還不信？」路德維希一笑，「難道你真的以為，慕白與你相遇只是巧合？而你突然化身藍鯨，墜入南極海洋，也只是個意外？」

「什麼墜入？我明明、明明是……」

白璟腦袋像是抽搐一般地疼痛不已。他依舊想不起來，究竟自己為什麼會突然出現在南極海域？

在變身成藍鯨之前，他一直以為自己是個普通人，在一個小城市過著平平淡淡、規規矩矩的日子。可是，海裔、慕白，和藍寶石，幾乎是一夕之間就出現在了他的世界裡。

難道這一切真的不是巧合？

如果不是，背後究竟是誰在謀劃？

海面上。

衛深站在艦橋，看著遠處海面那個不斷巡弋的身影。李雲婷和李雲行兄妹倆站在他身後，面露憂愁。

「老大。」李雲婷說：「這隻海裔剛剛在南極造成了那麼大的破壞，我們真的能這樣接近他嗎？會不會太危險了？」

她哥哥沒有說話，但是臉上的表情顯然也在表達著同樣的擔心。

衛深苦笑道：「如果他真想對我們做什麼，妳以為我們現在還有命站在這裡？」

「所以現在是？」

「噓。」衛深示意安靜，然後他們三個人便靜靜看著大白鯊搖著背鰭，游了過來。

「你到這裡來做什麼，混血？」

慕白沉靜的聲音以某種低聲波傳遞出來。

為了見慕白，特地帶著海裔翻譯器的李家兄妹聽懂了他的話，卻又感覺根本沒有聽懂。

混血？這隻大白鯊在說什麼？

下一秒，只見衛深走出艦橋，來到甲板上，用一種他們從沒有聽過的語言回答。

「我在這裡等您。」

聲音以特殊的音波形式交流，不同於白璟的意念溝通，而是通過藏在口腔處的特殊器官震動發音，是專屬於海裔的交流方式。

為什麼老大會這種音波交流方式？

李氏兄妹還來不及驚訝，便看見海水劇烈翻湧，須臾，化作半人鯊的慕白出現在眾人視線中。他身上的銀色斑紋在日光下閃爍，比白璟上回見他時更加耀眼。

慕白晃著魚尾，漫不經心地看著站在船舷邊的衛深，似乎與他十分熟悉。

「等我做什麼？」慕白煩躁地用尾巴拍擊著海面，「你在耽誤我的時間。」

「我只是不想讓您走彎路。您能與白璟相遇，也有我的功勞，作為仲介人，至少我有理由提出自己的看法。」

慕白的目光倏地幽暗下來，看向衛深的眼中露出明顯的殺意。

「如果你敢把祕密洩漏給他……」

「我當然不會這麼做，我只是希望您能兌現當年的承諾。」

慕白露出一個「算你識相」的表情，但是衛深接下來的話，卻讓他亂了陣腳。

「雖然我不會洩漏，但是我那個思想極端的弟弟，就未必不會這麼做了。」

弟弟？

此刻，李雲婷和李雲行的內心幾乎是崩潰的。

老大你說的弟弟不會是我們想的那個吧？路德維希，那個瘋子，那個混血兒，那個半失蹤人口？如果他是你弟弟，上次為什麼要在軍艦對你下殺手？而且看樣子人家根本不認得你好嗎，不要亂認親啊大叔！

衛深回頭對他們露出一個無奈的笑容，接著道：「根據我們的情報，路德維希已經跟在白環身後，進入了亞特蘭提斯。一旦讓他遇到白環，連我也不知道他會做些什麼。」

話音剛落，恐怖到令人窒息的氣息從半人鯊身上無聲蔓延，連空氣也彷彿凝結。

許久，李雲行和李雲婷才聽見一個近乎沙啞的陌生聲音。

「所以呢？」

慕白久違地用聲帶發出了聲音，「你出現在這裡的目的究竟是什麼？」

衛深露出一個微笑：「我只是想告訴您，在情況變得更糟糕之前，一切還有轉圜的餘地。我會為您提供幫助，只希望在解決了這一連串事情後，您能給人類一線希望。」

說著他退後一步，朝慕白深深一鞠躬。

「希望您答應我卑微的請求，歷史的見證者，深海眾生的首領——普……」

「你觸犯了禁忌，混血！」慕白打斷他，冰冷道：「能夠喊我那個名字的，只有他一個。」

衛深一個寒噤，頭垂得更低了，「是我的錯。請您相信，我是真心願意為您提供幫助。」

「哼。」

大白鯊藉著一道湧起的浪花，居高臨下地看著這些人類。海浪在他身後層層翻湧，越堆越高，一股無形的威勢將艦隊上的人類全都籠罩在內。

那低沉的聲音隨著鹹濕的海風傳來，夾雜著人耳無法聽見的奇特音波，讓在場的人全因為恐懼而瑟瑟發抖。

「你最好說到做到。你不會想要體驗我的怒火。」

半人鯊立於浪潮之中，猶如端坐在王座之上的威嚴神明。

第五十五章　真相

「你們不會想要體驗我的怒火。」

威脅的話語猶在耳邊，那灰色身影卻已不見了蹤跡。

海浪退去，海面恢復了平靜，在場眾人的心緒卻遲遲無法寧靜下來。

「老大！」李雲婷忍不住道，「這一切究竟怎麼回事？」

你怎麼會突然變成海裔，還成了路德維希的哥哥？最關鍵的是，你之前與那恐怖的傢伙達成了什麼祕密協定？

「你們利用了小璟嗎？」李雲婷眼中有不信、有憤怒，「他之所以變成現在這樣，都是你和那個傢伙設計好的嗎？你們究竟想要得到什麼！」

「冷靜一點。」李雲行一把拉住妹妹，「妳太激動了，這裡還有別人。」

李雲婷動作一頓。

那些跟隨他們而來的行動人員，眼裡都透露出猶疑和害怕的目光。他們雖然沒有像李家兄妹一樣聽到這麼多祕辛，但是親眼見到的事實還是對這些人造成不少衝擊。

「現在正是關鍵時候，海裔激進派、美軍，還有我們，都在等待白璟做最後的抉擇。」李雲行道，「這時候如果讓同伴對衛深產生懷疑而導致內亂，我們肯定不是其他人的對手。到時候，萬一白璟落到他們手中，會是什麼後果，妳想過嗎？」

「我……」李雲婷臉上露出猶豫的表情。

「話雖這麼說。」李雲行將妹妹拉到身後，看向衛深，「根據我們剛才聽到的資訊，是否能這麼判斷——你對今天這一切早就有預料，甚至，這一連串事件都是你和那隻純血種的密謀？」

衛深眼神閃爍，嘆了口氣。

「過去我可以不問，也可以不論你的身分，繼續承認你是我們的領隊，但前提是，你做的事情沒有違背大家的初衷。」李雲行看向他，「你是不是應該向我們解釋清楚，老大？」

「事到如今，我也不可能再瞞下去。」衛深看向李氏兄妹，「但是請相信我，我以前對你們說的話，希望你們能繼續在這世上幸福地生活，都是真心的。無論我是不是海裔。」

李雲婷有些動搖：「老大……」

「我們自會有判斷，請你先解釋吧。」李雲行說。

「話要從何說起呢？」

衛深將目光投向遠處的天空。

「你我都知道，人類從半個世紀前開始策劃針對海裔的行動。為了躲避天災，各國放下成見，共同參與了這個計畫，但是又有誰知道，海裔早在數千年前就開始利用人類？

「無論是陸地上殘存的海裔對人類的反抗，還是人類沙文主義者對海裔的殘忍圍剿，其實全在『他』的掌握之中，甚至連白璟也……」衛深幽幽道，「而這一切，都是為了一個目的——海神計畫。」

李雲婷詫異道：「海神計畫？」

「不可能！」白璟一拳擊向牆壁，「你誣陷大白就算了，還想將衛叔叔牽扯進來？可笑，他們一個在海底，一個在陸地，怎麼可能會有牽扯。而且，衛叔叔他們還……」

「還救過你一命？」路德維希面帶嘲諷，「在南極那種幾乎不會有私人遊輪抵達的地方，你正好被一個南極研究隊員撿回去，他們對你遇難者的身分也毫無懷疑……你以為這是在寫小說嗎？

「何況，以那隻怪物的能力，如果他真想離開南極，有一萬種方法登上陸地，為什麼要跟在你身邊，以那種可笑的形式來到人類社會？」

路德維希碧綠的眸子倒映著幽暗的藍芒，「因為只有藉助你的力量，附身在其他人或動物身上，他來到陸地的事才不會被我們發現。他就可以有更多的時間，實現他的計畫。」

「你夠了沒有！」

白璟忍無可忍，一個箭步上前抓起路德維希的衣領。嘶嘶嗟站在他們身後，不動聲色地看著這一幕。

「你左一個陰謀，右一個陰謀，別把別人想得都跟你一樣卑鄙！大白在遇到我之前，甚至連人話都不會說，他哪來的心思設計這些有的沒的？我也想不明白，利用我對他有什麼好處？他守護海洋之心這麼多年，如果想實現什麼目的，早就能辦到了，何必等到現在！」

「因為他在等你！」路德維希怒吼了回去，「他在等你，一個適合的、可以當他的棋子的海裔混血出現。利用你打探陸上海裔的內部消息，利用你引誘擾亂人類的計畫，他就能坐享其成。這些計畫，怎麼能少了你呢？」

路德維希說著，伸手撫上呆愣住的白璟的臉頰，一臉憐惜。

「等了一萬年，好不容易出現了第二個能對所有生物無差別使用意念的海裔，他當然把你視若珍寶了。或者，把你當作某個人的替身也說不定呢。」

「什麼替身……開什麼玩笑，又不是八點檔……」

白璟乾笑著甩開他的手，勉力站直，腦海內卻閃過自從遇見慕白以來，他發現的種種異樣。

「你看到了什麼？」

初次近距離接觸藍寶石時，慕白詭異的詢問。

每次透露出想回到岸上的意向時，慕白的緊張。

他誘導自己來亞特蘭提斯，他明明說從未離開海洋，卻對人類了若指掌。而自從自己接觸藍寶石後，也總是夢到一些離奇的夢境。

「你們鯨總是這樣，妄想回到陸地！」

那時候的那句話，慕白眼中究竟是看著誰說的呢？

如果，一切都是假的。慕白對自己的保護是假的，對自己的在意是另有所圖，就連ㄚㄚ也只不過是為了監視自己而派來的……

白璟踉蹌地後退一步，右手用力地扣在左肩上。

——他究竟還能相信誰？

「看來你想明白了。那麼，我不妨告訴你更多。」路德維希說：「我之前說你是最完美的混血，這不是巧合，而是你的母親選擇了合適的人類，有目的地生下你——作為獻給海神的祭品。」

「祭品？」白璟眼中泛出一絲血絲，「你還想說些什麼，不如一次全都說清楚。」

路德維希微微笑了笑。

「這就要從二十二年說起了，不，甚至可以追溯到一萬年前——」

「二十年前。」衛深緩緩道：「那個時候，人類的救世計畫剛剛進入第二階段，正是對海裔進行強力圍剿的時期。白璟的母親，就是在那個時候離開白家，前來與我會合。」

「會合?你竟然早就認識白璟的母親，難道與她生下白璟的就是你?」李雲婷忍不住腦洞大開。

她哥打了她腦袋一下：「如果那樣，路德維希就是白璟的叔叔了，妳覺得有可能嗎?」

「哈哈哈哈。」如此沉重的氣氛下，衛深也不禁笑出聲，「白璟的母親是個出色的美人，我的確很喜歡她，但是她不可能選擇我。」

「為什麼?」

「因為她是親代種。為了生下現在的白璟，她只能與優秀的人類繁衍後代。某些海裔認為，只有讓血統純潔的同胞互相結合，才能誕生下更強大的後代，其實這完全是個錯誤的想法。

「海裔的歷史遠比人類悠久，在踏上陸地後長期的隱姓埋名中，他們不斷近親通婚，基因的可能性已經走到了盡頭。如果想要更進一步，只有引進另一個種族的優秀血脈。」

李雲行摸著下巴，「的確有這樣的說法，混血兒的體質比一般人好，是因為在個體進行基因配對時得到優勢互補，所以後代在體格、外貌和智商方面都有突出的表現，也就是說基因排列越不同的人，結合後生下的孩子越優秀。

「但是，這種說法只在同一物種間成立，不同物種之間有生殖隔離，連後代都不可能有……海裔和人類，怎麼可能？」

「那是因為很多人不知道，在一萬年前，人類與海裔本就屬於同一個種族。」衛深接下來的話，一句比一句震撼，「白璟，正是他的母親為了實現最完美的基因匹配，歷經千辛萬苦生育下來的。慶幸的是，白璟的誕生如我們所想，繼承了一種十分稀有的能力。」

「意念控制。」

路德維希指著身後的壁畫，大聲道：「你還不明白嗎？你的母親費盡心思挑選伴侶、那隻怪物對你這麼緊張，都是因為你擁有了他們渴望很久的能力。你以為這只是個小兒科的能力？不！」

他目光炙熱，嘶啞道：「當年建立起亞特蘭提斯文明，你在壁畫上見到的那個擁有人類容貌的傢伙，他就是在你之前，第一個擁有意念控制的人。當年，他甚至可以用這項能力，操控整個海裔族群。

「只要你願意，你就能讓自己的能力進化到像他那樣，到時候，這世上還有誰能違背你的命令？」

狂熱的話語在黑暗中反覆迴盪，帶著一股難言的誘惑。

「那些利用你的傢伙，無非是想將你的能力據為己有，但是我不一樣，只要你想，我能幫助你進一步變強。」

路德維希雙眸發亮地看向白璟，蠱惑道：「想想吧，拋棄這一切！拋棄那些利用你、背叛你的人！只有你——你才是這個世界真正的王！」

原本寂靜的深海，此刻，卻像有雷雲翻滾，雷霆驟響。

「你才是世界之王。」

——《鯨之海03》完

番外 同居紀錄三・少年與普飛亞

最開始，他從天而降。

耀眼的白色光芒，像是墜落的流星。

流星這個詞，也是後來少年教給他的。普飛亞對於這個世界所有更進一步的瞭解、所有描述美好的詞彙，都是他教會的。

此時，少年盤起雙膝，坐在他寬大的背脊上，海水從兩邊分流而過，時不時親吻著他的腳背。

「這已經是第三批離開的人類。」

少年坐在普飛亞寬厚的背上，目送遙遠的岸邊，那些走向叢林的人類。

離開亞特蘭提斯的人類越來越多，甚至有不少海裔跟著人類離開了這裡，留下的海裔們，心中都充滿了被拋棄的惶恐。

「果然，人類天生應該生活在大地上，不應該強迫他們留下。是我做了錯誤的決定嗎？」

他的眼中，第一次出現了迷茫。當他第一次做下決定，讓海裔和人類共同生活，是不是就已經錯誤了呢？

普飛亞感受到了他低落的情緒，在思緒中輕輕喚了他一聲。

少年笑了，伸手摸了摸。

「即便變成現在這個樣子，你還是這麼溫柔。」

現在這個模樣？

普飛亞不明白少年在說些什麼，即便他已經能理解很多的詞彙，有時候還是無法理解少年的語言。

比如，現在。

他從有意識起，就一直以這副模樣，生活在這顆星球無垠的海洋之中。可為什麼，少年要說這是他現在的樣子？

普飛亞不能理解少年的意思，準備表達出自己的疑惑，少年卻岔開了話題。

「我最近察覺到附近大陸板塊有異樣的動靜。普飛亞，有時間和我去看一下嗎？」

巨大的海獸拍動雙鰭，算是給予了回應。雙鰭帶起來的連綿海水，像是巨浪一樣拍打至岸邊，引起了踏上陸地的人類的注目。

他們注意到了少年與普飛亞，虔誠地俯低身體，予以跪拜。

對於曾經引領他們、給予他們生活之基石的首領，奉上最真摯的感謝。然後，收回目光，繼續邁向森林。

少年離開前注視著這一幕，不禁感嘆。

「或許總有一天，所有人類都會回到大地。」

那你呢？

少年感覺到了普飛亞緊張的情緒，這隻龐大的海洋領主像是在擔心，總有一天少年也會離開他。因為，他本來就不屬於這個星球，是從天而降的流星啊！

「不用擔心。即便離開，我也會再回來找你。」普飛亞低下頭，「相信我，普飛亞，因為我來到這個世界，本來就是為了尋找你。」

普飛亞記住了少年的這句話，並且年年歲歲，無數日月過去，永遠記著這句話。

他們前往大陸棚的邊緣探查。

少年在那裡，察覺到了不一樣的動態。

「這顆星球，即將迎來新的時期了嗎？」

他喃喃自語著，望著顯出粉紅色的天際，難得流露出一絲困惑。

如果真的是這樣，還留在亞特蘭提斯的海裔們該何去何從呢？他想起了人類踏入森林的背影，心裡暗暗做了一個決定。

普飛亞不明白少年在顧慮什麼，只是安靜地在一旁守衛著他。

「我們回去吧。」

少年拍了拍普飛亞的大腦袋。

「回到亞特蘭提斯，回到我們的城市，接下來，還有很多工作要做呢。憑我一己之力……」

少年難得顯出幾分憂愁，普飛亞有心安慰他，卻除了引起海水的波動外，無法再有其他效果。

這是他第一次，遺憾自己為什麼不能像人類那樣擁有一雙手臂。

如果他也能像人類或其他海裔那樣，擁有一雙能將人擁入懷中的手臂，此刻他就能擁抱住少年，給予他安慰了。

少年感應到了普飛亞的想法，先是一愣，然後失笑。

「是嗎？你果然什麼都不記得了。」

普飛亞表達疑惑的情緒。

你的意思是，我忘記了什麼重要的事情嗎？

少年搖了搖頭，撫摸著他的大腦袋。

「對你來說，現在最重要的，才是重要的事情。其他的，沒有必要想那麼多。」

現在對普飛亞而言，最重要的是海裔，是亞特蘭提斯城的責任。少年明白這一點，於是沒有將更多的話說出口。

他像是懷念起什麼，陷入沉默之中，因此，也錯過了普飛亞隨即而來的一道思緒。

可是對我而言，你，也是最重要的。

「我們回去吧，普飛亞。」

少年突然嚴肅起來。

「事情比我們想像的嚴重多了。我們的城市，亞特蘭提斯，或許已經到了不得不離開它的時候。」

普飛亞流露出不捨的情緒，那是他和少年一同締造的城市，是他們一點一滴建立的心血，充滿了他們的回憶。

為什麼一定要離開呢？

「因為這世上，總有新舊更替，這是以我們的力量也無法控制的規律。」

少年嘆了口氣。

「這顆星球即將進入新的時期，亞特蘭提斯已經不再適合居住了。別難過，普飛亞，事物更替是常事，你會習慣的。」他突然笑了起來，「就像是你，總有一天也會離開首領的位置，把它交給更出色的年輕人。到那時候，你就可以退休，頤養天年啦。」

他半開玩笑地說出這句話，普飛亞卻很認真地考慮了起來。

如果交出首領的位置，他應該做些什麼？

每天陪少年看日出日落，去這世界上每一處海洋巡遊。感覺起來，也很不錯的樣子。

他已經開始期待著退休的那一天了。

「在那之前，我們還是先想一想繼任者吧。」少年說，「如果你的力量有人繼承，普飛亞，你會希望那是怎樣的後裔？」

普飛亞認真地考慮起來。

如果有海裔繼承了他的首領地位，肩負起他的責任，他最希望——希望他身邊，能有一個像你陪伴我一樣，陪伴他的人。

少年一愣，沒想到普飛亞竟然是這樣的想法。

隨即，他笑了。

「是呀，一個人工作可是很辛苦的呢。希望我們未來的繼承者，也能有相互陪伴的人。希望，他們能夠一直在一起。」

就像普飛亞這個名字一樣，希望這一份陪伴，也能永世相傳。

——番外〈同居紀錄三：少年與普飛亞〉完

高寶書版集團
gobooks.com.tw

BL021

鯨之海03

作　　者　YY的劣跡
繪　　者　あさ
編　　輯　林紓平
校　　對　任芸慧
美術編輯　彭裕芳
排　　版　彭立瑋
企　　劃　方慧娟

發 行 人　朱凱蕾
出　　版　英屬維京群島商高寶國際有限公司臺灣分公司
　　　　　Global Group Holdings, Ltd.
地　　址　臺北市內湖區洲子街88號3樓
網　　址　www.gobooks.com.tw
電　　話　(02) 27992788
電　　郵　readers@gobooks.com.tw（讀者服務部）
　　　　　pr@gobooks.com.tw（公關諮詢部）
傳　　真　出版部　(02) 27990909　行銷部 (02) 27993088
郵政劃撥　50404557
戶　　名　三日月書版股份有限公司
發　　行　三日月書版股份有限公司/Printed in Taiwan
初版日期　2019年6月
四刷日期　2021年1月

國家圖書館出版品預行編目(CIP)資料

鯨之海 / YY的劣跡著.-- 初版. -- 臺北市：高寶國際, 2019.06-
冊；　公分. --

ISBN 978-986-361-679-5(第3冊：平裝)

857.7　　108005472

三日月書版

三日月書版

GOBOOKS
& SITAK
GROUP©

GOBOOKS
& SITAK
GROUP©